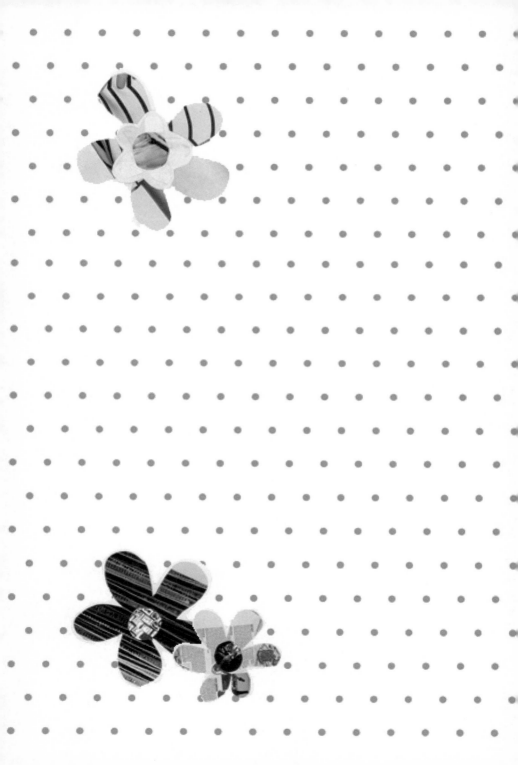

코니는 중학생

상상의힘 아동청소년문고 4

코니는 중학생

1판 2쇄 펴냄 2017년 4월 25일
글 율리아 뵈메 | 옮긴이 김민영 | 그린이 김말랑
펴낸이 김두레 | 펴낸곳 상상의힘 | 편집 이현정 | 디자인 수:Book
인쇄 천일문화사 | 등록 제 2015-000021(2010년 10월 19일)
주소 150-866 서울시 영등포구 선유로 49길 23 IS비즈타워2차 1503호
전화 070-4129-4505 | 팩스 02-2051-1618
누리집 www.sseh.net | 전자우편 iobob@hanmail.net

ISBN 978-89-97381-36-4 44800

이 도서의 국립중앙도서관 출판시도서목록(CIP)은 서지정보유통지원시스템 홈페이지
(http://seoji.nl.go.kr)와 국가자료공동목록시스템(http://www.nl.go.kr/kolisnet)에서
이용하실 수 있습니다.(CIP제어번호: CIP2015025371)

코니는 중학생

율리아 뵈메 글 · 김민영 옮김 · 그린이 김말랑

사이사이의힘

"빨리 내일이 왔으면 좋겠어."

안나의 말에 빌리는 고개를 끄덕였다.

"새 학교*는 어떨지 엄청 기대돼."

"내 말이!"

코니가 소리를 질렀다.

"시간이 후딱 지나가서, 이번 여름 방학은 금방 올 것 같지 않아?"

"아이스크림 나왔어요."

가게에서 일하는 언니가 아이스크림을 높이 쌓아 올린 그릇을 탁자 위에 놓았다. 과일, 견과류, 생크림 그리고 와플이 들어간 열두 덩어리 아이스크림 위에 초콜릿 소스가 듬뿍 끼얹어져 있었다.

아이스크림에 대한 예의라도 지키겠다는 듯 빌리는 호랑이 무늬 바지에 두 손을 싹싹 문질렀다.

"이 사랑의 그릇은 원래 연인들을 위한 건데."

"그래, 맞아."

*독일의 학제는 4학년까지 초등학교 과정이고 5학년부터 전기 중등과정이 시작된다. 전기 중등과정의 한 유형인 '김나지움'은 대학 진학을 위한 인문계 학교이며, 이곳에서 5, 6년은 관찰기로 보낸 다음 7학년에 다시금 자신의 진로를 결정하게 된다. 여기에 등장하는 주인공들은 이제 5학년에 새로 진학하였으며, 우리 학제로는 중학교 1학년이 된 셈이다. 따라서 작품 속에서는 중학교 1학년으로 설정한다. 인물들의 나이는 열 살, 열한 살, 열두 살 등으로 다양하다. 독일에서는 만으로 엄격히 따지기 때문에 우리 나이로는 보통 열세 살 정도 된다.

안나가 멍한 표정으로 한숨을 푹 쉬었다.

"뭐? 그래서? 나랑은 같이 먹고 싶지 않다는 거야? 너희들이 먹고 싶지 않다면야……. 난 짝이 생길 때까지 기다릴 마음이 전혀 없으니까."

코니가 얼른 체리 하나를 집었다. 안나와 빌리 역시 번개처럼 재빨리 숟가락을 집어들었다. 코니 혼자 아이스크림을 몽땅 먹어치우는 일은 결코, 결코 있을 수도, 일어날 수도 없는 일이었다. 처음으로 탁자 주위가 조용해졌다. 물론 아주 잠깐 동안이었지만.

"혀가 얼어붙는 것 같아."

빌리가 먼저 먹기를 멈추며 중얼거렸다.

"그러게. 혀가 얼얼해서 맛을 더 이상 못 느끼겠어."

"그래도 이건 어쨌든 초콜릿 맛이야."

코니가 말하고는 마지막 남은 초콜릿 아이스크림을 입 안으로 밀어 넣었다.

"마지막 초콜릿을 혼자 먹니?"

안나가 톡 쏘아붙였다. 초콜릿 아이스크림은 안나가 가장 좋아하는 아이스크림이었기 때문이다.

"우리만 레싱 김나지움에 가다니, 좀 이상해."

갑자기 빌리가 말을 꺼냈다.

"우리하고 파울."

코니가 덧붙였다. 그 사이에 안나는 땅콩 아이스크림으로 초콜릿에 대한 아쉬움을 달랬다.

"나는 니나와 제라피나가 제일 보고 싶을 거 같아."

안나는 입 안이 가득 차 우물거리는 소리를 냈다. 코니가 고개를 끄덕였다.

"걔들은 여자 학교로 간대. 바보 같아."

코니는 와플을 한 조각 베어 먹었다.

"너희는 어때? 너희라면 그런 학교에 가고 싶겠니?"

안나는 어깨를 으쓱했다.

"가끔은 좋겠지. 하지만 남자아이들이 하나도 없다는 건 우스운 일이야, 그치?"

"맞아."

빌리가 씩 웃었다.

"그런 데서는 누구 약을 올려야 하나?"

그런 말을 하필이면 빌리가 하다니! 코니와 안나가 킥킥댔다.

"다른 남자아이가 아니라 파울이 우리랑 같은 학교에 간다니 그나마 다행이지, 뭐."

안나가 단호하게 말했다.

"예를 들어 토르벤 같은 망나니!"

코니가 눈동자를 굴렸다.

"그런데 말이야, 파울이랑 우리 셋이서 같이 앉기로 약속했어. 괜찮지?"

안나와 빌리는 좋다고 했다.

"아, 나는 정말 기대돼! 엄마 말로는 이제 인생의 새로운 단계가 시작된다고 했어!"

안나가 킥킥거렸다.

"그래, 우리 아빠도 그랬어."

빌리가 갑자가 굵고 걸걸한 아빠 목소리로 말을 했다.

"빌리, 이제 진지한 삶이 시작되는 거란다."

"그거야 두고 보면 알겠지."

코니가 깔깔대며 웃었다. 아이들은 즐겁게 아이스크림 숟가락을 들어올렸다.

"자, 우리의 새로운 학교를 위하여!"

"새로운 학교를 위하여!"

아이스크림 숟가락 세 개가 서로 부딪쳐 챙 하는 소리가 났다.

＊ ＊ ＊

코니와 파울은 바로 이웃에 살았다. 이미 몇 년 전부터 둘은 함께 걸어서 학교를 다녔다. 그런데 이 날은 처음으로 함께 자전거를 타고 학교에 갈 작정이었다. 여러 가지 이유가 있었지만 그중 하나는 드디어 중학교 1학년이 되었다는 것이다. 자전거를 탄다는 것은 중학생이 되었음을 나타내 주는 신호였다. 코니는 자전거를 파울네 정원 담장에 기대어 놓고 초인종을 눌렀다.

그런데 파울 대신 파울 엄마가 현관문을 열었다. 이 말은 파울 엄마가 현관문을 아주 조금만 열었다는 뜻이다. 아직 목욕 가운만 걸치고 있는 것을 코니가 못 보았으면 하는 눈치였다. 코니는 빙그레 웃었다. 분홍과 노랑이 뒤섞인 꽃무늬 가운은 봐 주기에 정말 민망한 수준이었다.

"너 좀 기다려야겠다. 파울이 아직 준비가 덜 됐거든."

하우저 부인이 내다보지도 않고 문틈으로 소리를 질렀다. 그리고 코니가 뭐라고 하기도 전에 문은 닫혀 버렸다.

코니는 시계를 보았다. 하필이면 오늘 같은 날 늑장을 부리다니! 어떻게 좋은 자리를 차지할 수 있겠어? 안나, 빌리, 파울과 코니는 자리 때문에 평소보다 일찍 만나기로 했다. 그런데 지금 이게 뭐야? 아무 데나 앉기만 하면 된다는 거야?

코니는 안절부절못하고 다시 시계를 보았다. 코니는 혼자서 먼저 가려다가, 다시 한번 초인종을 눌렀다. 이번에는 파울이 현관문을 활짝 열었다. 파울의 금발머리는 완전히 헝클어져 있었다.

"금방 끝나!"

파울이 소리를 치며 바나나를 입 안으로 욱여넣었다. 그러고 나서 파울은 양말과 운동화를 신느라 바닥을 외발로 쿵쿵 찧었다.

"야, 파울! 빌리하고 안나가 벌써부터 기다리고 있단 말이야!"

"늦잠을 잤지 뭐야."

파울이 미안해하면서 중얼거렸다.

"늦잠을 자? 오늘 같은 날?"

코니는 이해할 수가 없었다. 코니는 다른 때보다 한 시간이나 더 일찍 일어났다. 너무나 가슴이 설렜기 때문이다. 그렇지만 코니는 더 이상 잔소리를 하지 않았다. 그러기엔 시간이 없었다. 아무렴!

두 사람은 자전거에 휙 올라타고는 나란히 달렸다.

"새로 산 내 책가방 어때?"

코니가 말하고는 파울이 빨간 가죽 책가방을 보고 놀랄 수 있도록 조금 더 빨리 앞으로 나갔다.

"새 가방이네. 나쁘지 않은데."

파울이 가볍게 말했다.

나쁘지 않다고? 코니가 이마를 찌푸렸다. 정말 너무하는군! 코니는 엄마와 아빠에게 이 책가방을 살 돈을 얻어 내느라 몇 주일을 졸라야 했다. 그런데 고작 나쁘지 않다니! 남자아이들이란 도대체가 개념이 없다.

안나와 빌리는 약속한 대로 자전거 거치대 앞에서 기다리고 있었다. 안나는 파란색 새 치마를 입고 있었고, 빌리는 언제나처럼 호랑이 무늬 바지를 입고 있었다.

"너희들 어디 있다 오는 거니? 15분이나 늦었잖아."

빌리가 화를 냈다.

"파울이 늦잠을 잤대."

코니가 설명했다.

"야!"

안나가 파울의 옆구리를 쿡 찔렀다. 그래도 파울은 씩 웃기만 할 뿐이었다.

"빨리 가자!"

코니가 말했다. 아이들은 학교 건물을 향해 뛰어갔다.

"B21호로 가야 해."

빌리가 말했다. 복도에는 다행히 안내 표시가 잘되어 있었다.

"2층이야!"

안나가 소리를 질렀다.

계단을 뛰어 올라갔다. 코니는 한 걸음에 두 계단씩 뛰어 올라갔다. 금세 B21호를 찾을 수 있었다. 파울은 문을 열어 보고는 깜짝 놀랐다. 여기가 도대체 어디야? 그곳은 마치 고3 교실인 듯 보였다. 중학교 1학년 교실은 절대 아니었다. 어떤 학생은 거뭇거뭇 턱수염까지 나 있었다.

"여기가 B21호가 아닌가요?"

코니가 용감하게 물어보았다.

"아니야. 저 건너편으로 가야 돼."

턱수염이 난 오빠가 지루한 듯 창문 너머 건너편 건물을 가리켰다. 네 아이는 다시 계단을 뛰어 내려갔다. 그러고는 안마당으로 나가는 문을 찾아 건너편의 다른 건물을 향해 달렸다. 커다랗고 파란 'B'자가 입구 위에 붙어 있었다. 왜 저것을 아까는 보지 못했을까? 아이들은 숨을 헐떡이며 계단을 뛰어 올라갔다.

"여긴가 봐."

코니가 말하고는 호기심 어린 눈으로 교실 안을 둘러보았다. 맞아, 이번에는 제대로 찾았어. 그곳에 있는 아이들은 모두 자기 또래들로 보였다.

교실은 초등학교 교실보다 딱히 더 좋아 보이지는 않았다. 벽에는 아무런 장식도 없었고 칠도 새로 하는 게 좋을 것 같았다. 칠판 하나와 교탁 하나, 네 줄로 늘어선 책상과 의자밖에 없었다. 밝은 갈색 커튼은 제대로 낡은 듯 보였다.

코니는 예전 교실을 떠올릴 수밖에 없었다. 그림과 포스터, 그리고 화분으로 가득했던 교실. 앉아서 책 읽기 좋은 커다란 소파가 놓여 있던 모퉁이. 안나가 코니를 밀치면서 앞으로 나아갔다.

"얼른 앉자. 맨 앞에 아직 빈자리가 있어!"

네 자리가 나란히 비어 있었다. 더 이상 선택의 여지도 없었다. 그리고 이것은 모두 파울 때문이다. 하지만 첫 번째 줄도 그리 나쁘지는 않다. 아이들은 책가방을 내려놓았다. 갑자기 파울이 멈칫했다.

"야, 마르크!"

파울은 두 번째 줄에 앉아 있는 한 남자아이를 향해 소리를 질렀다.

"너 여기서 뭐해?"

"뭐 하긴? 학교에 왔지."

파울의 얼굴이 활짝 피었다. 얼굴에 난 주근깨가 반짝반짝 빛나는 것 같았다.

"우리가 같은 반이야? 꿈에도 생각 못했네."

"응, 나도 몰랐지, 당근. 이리 와, 여기 앉아."

마르크가 자기 옆자리를 치우며 말했다.

"어, 나는······."

파울은 코니를 쳐다보았다. 마르크도 파울이 쳐다보는 쪽을 바라보았다.

"너, 설마 여자애들이랑 같이 앉으려고 하는 건 아니지?"

"네 옆자리는, 비어 있니?"

파울이 망설이며 물었다.

"아니, 사람 있어. 바로 너!"

마르크가 씩 웃었다. 파울은 마르크의 옆자리로 미끄러지듯 앉았다. 코니는 어이가 없다는 듯이 파울을 쩨려보았다. 파울은 짧게 어깨를 으쓱할 뿐이었다. 그게 전부였다. 안나는 얼굴을 찡그렸다.

"잘한다! 너 때문에 우리는 늦었는데, 어쩜 이럴 수 있어?"

"아, 상관없어. 맘대로 하라고 해."

코니가 잘라 말했다. 코니는 자기가 얼마나 화가 났는지를 파울에게 보여 주기에는 자존심이 너무 강했다.

"우리 셋이서만 앉지, 뭐."

아이들이 책가방에서 책과 공책 등을 꺼내고 있을 때, 무리지어 앉아 있던 여자아이 세 명이 가슴을 잔뜩 내밀고 아이들 쪽으로 다가왔다. 세 여자아이는 팔짱을 끼고서 코니와 안나 그리고 빌리 앞에 버티고 섰다. 어딘지 모르게 세 여자아이는 닮아 보였다. 세 여자아이는 모두 비슷하게 눈화장을 했고, 똑같이 반짝이는 분홍 립글로스를 바르고 있었다. 가운데 서 있는 여자아이가 과장된 머리 동작으로 금발을 뒤로 넘겼다.

"너희 여기서 뭐하는 거야?"

그 여자아이가 묻고는 혐오스럽다는 듯 코를 찡그렸다.

"너희들은 여기서 볼 일이 없을 텐데."

"응? 여기가 1A 반 아니니?"

코니가 그 여자아이를 빤히 쳐다보았다.

"맞아. 너희 새로 온 애들이구나!"

금발머리가 기지개를 펴면서 말했다.

새로 왔다고! 코니는 이 여자아이를 똑바로 쳐다볼 수밖에 없었다. 뭐 이런 애가 다 있어!

"여기 있는 애들은 모두 새로 온 애들이잖아, 안 그래?"

코니가 따져 물었다.

"아니!"

그 여자아이는 자기 왕국이라도 되는 것처럼 교실 안을 빙 둘러보았다.

"우린 모두 초등학교 때부터 아는 아이들이야. 같은 학교 다녔거든. 너희들만 새로 온 거야."

차갑게 웃으면서 그 여자아이가 손으로 허리를 짚었다.

"너희들에게 한 가지 말해 줄게. 우린 이 반에 너희들이 있는 게 별로라는 걸."

"그거야 네가 이래라 저래라 할 일이 아니지!"

코니가 금발머리에게 대고 쏘아붙였다.

"뭐 이런 거지 같은 게 다 있어!"

빌리도 어이가 없다는 듯 중얼거렸다. 다른 두 여자아이 가운데 하나가 처음으로 참견을 하고 나섰다.

"야네테는 거지 같은 분이 아니야. 보면 몰라?"

화가 나서 빌리를 향해 씩씩거리는 것을 보니 입 속에 교정틀이 반짝거렸다. 야네테는 아무 말도 못 들은 것처럼 행동했다. 야네테는 태연히 코니의 책상 위에 앉았다.

"여기는 우리 자리야. 부탁인데 다른 데로 꺼져 줘라."

이게 지금 완전히 돌았나? 하지만 코니는 그렇게 빨리 화를 내지는 않았다.

"그럼 우리는 저 건너편에 앉자."

코니는 어깨를 한번 으쓱하고는 방금까지 야네테와 그 일당들이 앉아 있던 자리를 가리켰다.

"그 자리도 예약해 놓은 자리야. 자스키아와 나, 그리고 아리아네가 우리 친구들을 위해 이미 맡아 놓은 자리라고!"

야네테가 주장했다. 자스키아와 아리아네는 씩 웃기만 했다.

"하지만 이 자리는 미리 잡아 놓은 자리가 아니잖아."

코니가 큰 소리로 말했다. 코니는 점점 더 이 야네테라는 아이가 참을 수 없게 느껴졌다. 자기가 도대체 뭐라고 생각하는 거야?

"저리 비켜! 우리가 먼저 왔다니까!"

야네테가 날카로운 쇳소리를 냈다.

"말도 안 돼!"

빌리가 맞섰다. 안나는 눈을 크게 뜨고 야네테를 노려보기만 할 뿐 아무 말도 하지 못했다.

"야, 팀!"

야네테가 맨 앞줄에 앉아 있는 남자아이를 불렀다.

"우리가 먼저 와서 여기 앉았지, 그렇지?"

팀은 아무 소리도 못 들은 척, 요란스럽게 책가방을 뒤지고 있었다.

"빨리 대답해 봐!"

야네테가 명령을 내렸다.

"맞을걸. 맞아."

팀은 우물거리고는 고개를 돌려 버렸다.

"들었지? 얼른 비켜!"

야네테가 책상 위에 있는 빌리의 책가방을 옆으로 밀어 버리자 책과 공책, 연필 들이 아래로 떨어졌다.

"야, 너 미쳤어?"

코니가 화가 나서 소리를 질렀다. 코니는 빌리의 물건들을 주워 주려고 자리에서 벌떡 일어났다. 그 순간 야네테는 그 자리에 얼른 앉아 버렸다. 야네테는 책상 아래에 있던 코니의 책가방을 발로 툭 차서 밀었다.

"책상은 뭐가 또 이리 엉망진창이야! 시장에서 장사라도 하려는 거야, 뭐야?"

야네테가 빈정거렸다.

코니가 책가방을 집어 들자 모두들 킥킥거렸다. 코니의 얼굴은 너무나 화가 나서 아주 새빨개져 있었다.

야네테는 코니를 바라보았다. 그러면서 바지 주머니에서 막대 사탕 하나를 꺼냈다. 자스키아는 재빨리 빌리의 자리에 앉았다. 그리고 아리아네는 아까 앉아 있던 세 번째 줄에 있는 자리들을 얼른 맡아 두었다. 안나는 자기 물건들이 교실 여기저기로 날아다니지 않도록 얼른 주워 담고 자리를 치웠다.

"가자, 우리 다른 데 가서 앉자."

안나가 약간 기어들어가는 목소리로 말했다. 코니는 그럴 생각이 전혀 없었다. 코니는 야네테 쪽으로 허리를 굽혔다. 그러고는 책상 위에 두 손을 짚었다.

"내가 한마디 할까? 너 정말 재수 없다!"

코니가 비웃으며 이야기했다. 이때 빌리가 코니의 옷소매를 잡아 당겼다.

"참아! 첫날이잖아. 그냥 말을 안 섞는 게 좋겠어."

빌리가 코니의 귀에 대고 속삭였다. 코니는 야네테를 향해 경멸스럽다는 눈길을 보내고는 천천히 몸을 일으켰다. 안나와 빌리는 이미 다른 자리를 찾아 두리번거리고 있었다. 어느 새 8시가 가까워져 있었다. 코니는 두 사람 뒤를 따라갔다.

야네테는 만족스러운 듯 웃으며 막대 사탕을 핥았다. 문제는 나란히 있는 빈자리가 더 이상 없다는 것이다. 코니와 빌리, 안나는 어찌할 바를 모르고 주위를 둘러보았다.

"한 자리만 옆으로 비켜 줄래?"

코니가 한 남자아이에게 부탁했다. 그러나 그 아이는 고개를 저을 뿐이었다.

"내 친구가 곧 올 거야."

"아니, 그러지 말고 내 말 좀 들어 봐."

코니가 무어라고 말을 하려 하자, 그때 정말 빨간 머리 남자아이가 교실에 나타나서 자기 친구 옆에 털썩 주저앉았다.

재수가 없기도 하지!

곧 학교 종이 울릴 것이었다. 아이들은 이제 어디든 앉아야 했다. 어쨌든 하루 종일 서 있을 수는 없으니까.

"우리 저쪽에 가서 앉자."

코니가 말했다. 맨 뒤쪽 모퉁이에 비어 있는 책상이 있었다. 책상은 얼마나 낙서가 많이 되어 있는지 거의 까만색으로 보였다. 아이들은 책상을 약간 앞으로 옮겼다. 형편없이 흔들거렸다.

"이건 완전 고물 책상인데."

빌리가 투덜거렸다.

"그러네."

코니도 맞장구쳤다. 코니는 짜증을 내며 야네테 쪽을 바라다보았다. 야네테는 여전히 맨 앞줄에 앉아 있었다.

"하지만 안 그러면 우리 따로따로 떨어져 앉아야 하잖아. 절대 그럴 수는 없지."

안나가 놀라서 말했다. 그래서 아이들은 여기저기서 의자 세 개를 가져왔다.

"좋아! 이제 우리는 다섯 번째 줄에 앉았네!"

빌리가 이마를 찡그렸다. 이런 일이 있으리라고는 상상도 못했었다.

"여기는 너무 좁기도 한데."

안나가 한숨을 쉬었다. 보통은 책상 하나에 셋이 아니라 둘이 앉는 것이었다.

"중요한 것은 우리가 함께 앉는 거지. 안 그래?"

코니가 다독거렸다. 그 말이 끝남과 동시에 학교 종이 울렸다. 그리고 여자 선생님이 교실에 들어왔다.

이름이 린트만 선생님이란 것은 이미 가정 통신문을 통해 알고 있었다. 린트만, 매우 친절한 선생님의 이름처럼 들렸다. 코니는 린트만 선생님이 담임 선생님이 된 것이 기뻤다. 자기가 상상한 대로 이루어져서가 아니었다. 코니는 이유는 모르겠지만 린트만 선생님이 예전의 좋았던 담임 선생님과 비슷할 것이라고 생각했다. 아마도 머리 모양과 색깔이 다를 뿐, 멋지고 좋으신 제2의 라이지히 선생님?

코니는 문이 쾅 닫히자 깜짝 놀랐다. 순간 교실 안이 조용해졌다. 모두들 호기심 어린 눈초리로 새로운 선생님을 바라보았다. 린트만 선생님도 아이들을 마주 보았다.

린트만 선생님은 예전의 라이지히 선생님하고 닮은 데가 정말 많았다. 린트만 선생님은 키가 작았다. 그런데 코니 눈에도 너무 나이가 많아 보였다. 주름 가득한 얼굴에 자리잡은 눈은 차가운 회색이었다.

린트만 선생님이 교탁으로 갈 때에도 교실은 여전히 쥐 죽은 듯 조용했다. 선생님이 신고 있는 가죽신이 내는 찌익, 찍 하는 소리만 들렸다. 선생님은 교탁 앞에서 몸을 돌려 세워 다시 아이들을 바라보았다. 그때까지 선생님은 한 마디도 하지 않았다. 이 침묵을 더 이상 참고 있기 힘들다고 느낄 때쯤, 선생님은 이야기를 시작했다.

"안녕?"

선생님이 인사를 하고는 두 눈을 가늘게 떴다.

"레싱 중학교에 온 것을 환영해요. 여러분은 새로운 1A반 학생들이고 저는 오늘부터 여러분의 담임을 맡게 되었어요. 저는 오래 전부터 여러분을 만나기를 고대하고 있었어요."

선생님이 미소를 짓자 이가 드러났다. 코니는 슬쩍 안나를 건너다보았다. 그러나 안나는 넋을 놓고 앞을 바라보고 있었다.

린트만 선생님은 헛기침을 한 번 했다.

"친애하는 여러분, 여러분 가운데 이제 김나지움에 왔기 때문에 됐다고 생각하는 사람들은 아주 잘못 생각하는 거예요. 여러분이 김나지움에 올 만큼 충분히 실력을 갖추었는지를 지금부터 보여 주어야 할 거예요."

선생님은 조금 겁이 날 만큼 쉰 목소리를 내었다. 선생님은 파충류 같은 눈으로 학생들 하나하나를 뚫어져라 쳐다보았다. 선생님은 몹시 늙은 나이인데도 번개처럼 몸을 돌린 다음, 칠판에 뻑뻑거리는 분필로 이름을 썼다. 마르크는 이 순간을 이용해 손가락을 입에 넣고는 토하고 싶다는 흉내를 냈다. 이름을 다 쓴 선생님은 다시 뒤를 돌았다.

"나는 린트만이라고 해요."

린트만 선생님은 학생들이 마치 글을 못 읽기나 하는 듯이 말했다. 코니는 끔찍하게 느껴졌다. 린트만? 웃긴다! 린트부름 용(용처럼 생긴 괴물)처럼 생긴 괴물이 더 어울리겠는데! 솔직히 말하면 늙고 못생긴 용이지! 다른 분이 담임 선생님이 될 수는 없었을까?

린트만 선생님이 학생들의 책상 사이를 걷자 선생님의 신발이 다시 찌익, 찍 소리를 냈다.

"우리는 아직 서로를 몰라요. 하지만 곧 우리는 서로를 알게 될 거예요."

선생님이 말했다. 코니에게는 그 말이 마치 협박처럼 들렸다. 마침내 린트만 선생님이 코니와 안나, 빌리 바로 앞에 섰다. 선생님은 의심스런 눈초리로 아이들을 바라보았다.

"아하, 숙녀들을 위한 특별 책상이로군!"

선생님이 말했다.

"너희들은 이 뒤에서 아주 편안히 지낼 수 있다고 믿는가 보구나?"

"다른 자리는 이미……."

코니가 설명하려고 했다. 그러나 린트만 선생님이 코니의 말을 막았다.

"이름?"

코니가 우물쭈물 대답을 하지 않자, 린트만 선생님의 눈이 더 가늘어졌다.

"너희들 이름이 뭔지 알고 싶다니까!"

"저는 안나라고 해요."

안나가 놀라서 말을 더듬었다.

"그리고 성은?"

린트만 선생님이 참을성 없이 물었다.

"안나 브룬스베르크."

안나가 기어들어가는 목소리로 말했다.

"좀 더 큰 소리로는 말 못하겠니?"

"안나 브룬스베르크!"

안나의 목소리에서 쇳소리가 났다.

린트만 선생님이 코니를 향해 고갯짓을 했다.

"그리고 너는?"

"코니 클라비터."

"코르넬리아 클라비터?"

린트만 선생님이 물어보면서 한 글자 한 글자에 힘을 줬다.

"코니 클라비터."

코니는 고집스럽게 반복했다. 자기 이름이 실제로는 코르넬리아라는 사실을 인정하느니 차라리 혀를 깨물고 싶었다. 아무도 자기를 그렇게 부르는 사람은 없었다. 엄마와 아빠조차도 그렇게 부르지 않았다. 엄마와 아빠는 화가 났을 때조차 그렇게 부른 적이 없다.

"그건 제대로 된 이름이 아니잖아."

린트만 선생님이 입술을 일그러뜨렸다.

"코니라는 이름을 가진 사람은 아무도 없어. 코니는 그저 지긋지긋한 애칭일 뿐이야. 그래, 너의 제대로 된 이름은 뭐니? 콘스탄체니?"

"제 이름은 코니예요. 그냥 코니요."

모두들 킥킥거리며 웃기 시작했다. 그러다 린트만 선생님이 돌아보자 금세 다시 조용해졌다. 마지막으로 빌리가 자기 이름을 대야 했다.

"지빌라 베르디예요."

빌리가 대답했다. 코니는 놀랐다. 코니는 빌리 또한 자기 진짜 이름을 자기만큼이나 싫어한다는 것을 알고 있었다. 여기가 도대체 어디지? 감옥이라도 되나?

린트만 선생님의 쉰 목소리가 깊은 생각에 잠겨 있던 코니를 불러냈다.

"그래, 안나, 지빌라 그리고……."

린트만 선생님은 조금 망설이다 할 수 없다는 듯 말을 이어갔다.

"……코니, 너희들은 맨 앞줄 비어 있는 곳에 가서 앉도록 해라. 저기라면 공부가 더 잘될 거야."

코니는 깜짝 놀라서 맨 앞줄을 바라보았다. 그 자리들이 야네테와 자스키아가 다시 원래 자리로 돌아가 비어 있다는 것을 코니는 전혀 알지 못했다.

"얼른 옮기도록 해."

린트만 선생님이 아이들을 재촉했다. 모두들 코니와 빌리, 안나가 서둘러서 자기 물건을 챙기는 것을 바라보고 있었다. 린트만 선생님은 아무 말 없이 세 아이가 맨 앞줄에 앉기까지 기다렸다.

"우리 반에서는 아무도 숨지 못해요. 편히 쉰다는 것은 더더구나 생각지도 못하지요."

린트만 선생님은 짧게 숨을 들이마셨다.

"그래서 매주 월요일에는 자리를 바꿀 거예요. 네 번째 줄에 앉아 있는 사람들은 첫 번째 줄로 가고, 첫 번째 줄에 앉던 사람들은 두 번째 줄로, 두 번째는 세 번째, 이런 식으로 바꿀 거예요."

웅성거리는 소리가 교실 안을 한 바퀴 휘저었다. 하지만 린트만 선생님이 휘 한번 둘러보자 다시 당장 조용해졌다.

"자, 우리 잡담은 충분히 한 것 같아요. 이제 수학부터 시작해 볼까요?"

린트만 선생님이 칠판에 수학 문제를 쓰기 위해 아이들에게서 등을 돌렸을 때에도 교실은 여전히 조용했다.

"그럼 시작하세요. 모든 문제를 다 풀려면 시간이 부족할지도 몰라요. 나중에 내가 여러분의 공책을 걷을 거예요. 그럼 여러분의 실력이 어느 정도인지 알 수 있겠지요. 그리고……."

린트만 선생님은 용의 눈을 반짝이며 잠시 그대로 있었다.

"……모든 문제를 여러분 혼자 힘으로 풀어야 한다는 것은 당연하겠지요."

코니는 한숨을 쉬었다. 아주 멋진 시작이군!

"코니, 코니니?"

엄마가 궁금한 눈으로 현관 쪽을 바라보았다. 그런데 바로 그때 거실 구석으로 빨간 가죽 책가방이 높은 곡선을 그리며 날아가는 것이 보였다.

"코니! 그 비싼 책가방을……."

더 이상은 엄마 목소리가 들리지 않았다. 현관문 닫히는 소리가 쾅, 하고 크게 들렸기 때문이다. 코니는 평소와 달리 유난스럽게 학교에서 돌아오고 있었다.

"도대체 왜 그래, 너?"

엄마가 꾸중을 하려다가 금세 멈추었다.

"학교에서 무슨 안 좋은 일 있었니?"

엄마는 갑자기 꿀처럼 부드러운 목소리로 물었다. 와우, 엄마가 어떻게 알았지? 그것도 이렇게 빨리?

엄마는 팔을 넓게 벌렸다.

"이리 와!"

엄마는 야콥이 정강이를 긁혔을 때도 이렇게 달래 주었다. 그러나 코니는 어디가 긁힌 것이 아니었다. 그리고 다섯 살짜리 꼬마도 아니었다.

"도대체 뭐가 잘못됐니?"

코니가 꼼짝 않고 서 있자 엄마가 걱정스레 물었다.

"아무것도 잘된 게 없어! 아무것도!"

코니가 소리를 지르며 어깨 위에 있던 엄마의 손을 내려놓았다.

"피자 먹자!"

야콥이 전속력으로 부엌에서 마루로 달려 나왔다가 코니를 보고는 갑자기 멈추어 섰다. 코니는 재빨리 뺨에서 눈물을 훔쳤다. 하필이면 이때 아빠가 현관문을 열고 들어왔다. 아빠의 손에는 피자 상자가 여러 개 들려 있었다.

"이거 좀 봐. 내가 무엇을 가져왔는지! 오늘 하루를 축하하자고."

이런 거지 같은 하루를 뭘 축하한다고?

코니 앞에 놓인 접시에는 피자가 놓여 있고, 코니는 뽀로통한 얼굴로 그것을 바라보고 있었다. 모차렐라 피자는 원래 코니가 제일 좋아하는 피자였다. 그런데 오늘은 한 입도 넘어가지 않았다.

고양이 마우는 그르렁거리며 코니의 다리에 얼굴을 문질러 댔다. 코니가 화가 났을 때면 고양이 녀석은 언제나 그런다.

"이제 말 좀 해 봐라."

아빠가 코니에게 말하면서 칼조네 피자를 칼로 잘랐다. 이미 절반이 없어진 뒤였다. 코니는 끙 신음소리를 냈다.

"반 아이들 모두 지겨워요. 모두 짜증난다고요."

"아, 모두 그런 것은 아니겠지. 너희들은 좀 더 서로를 알아야 되지 않겠니?"

엄마가 재빨리 말했다.

"그리고 린트만 선생님은 괴물이라고요!"

"코니, 이제 겨우 하루 지냈잖니."

아빠가 환하게 웃으면서 코니에게 눈을 찡긋했다.

"조금만 있어 봐. 금방 모든 것이 달라질 거야."

코니는 놀랐다. 부모님이 갑자기 자기를 더 이상 이해하지 못하는 것 같았다. 좋아. 그렇다면 코니는 더욱 더 분명하게 밝혀야 했다.

"이 거지 같은 학교에 다시는 가지 않을 거예요."

코니가 소리를 질렀다.

"코니! 정신 좀 차려라."

엄마가 말했다.

"야콥이 어떻게 생각하겠니? 야콥도 내년에는 학교에 들어가는데."

코니는 야콥을 건너다보았다. 야콥은 눈을 크게 뜨고 코니를 바라보고 있었다.

"초등학교는 조금 달라요. 초등학교는 괜찮아요."

코니가 이를 꽉 물고는 대답했다.

화제는 거기에서 끝났다. 잠시 동안의 침묵. 그러고 나서 야콥이 종알거리면서 늘 그렇듯 별로 중요하지도 않은 유치원에서 있었던 일에 대해 이야기했다. 그 사이에 코니는 식어빠진 피자 몇 입을 입속으로 집어넣었다.

아빠가 다시 사무실로 가기 전에 코니의 어깨를 두드려 주었다.

"금방 괜찮아질 거다, 코니. 처음에는 모두 조금은 힘들잖아. 바로 그런 거야."

* * *

코니는 풀이 죽어서 침대에 쪼그리고 앉아 창밖을 바라보았다. 밖에서 비치고 있는 이 멍청한 햇빛은 코니의 기분과는 전혀 어울리지 않았다. 찌익, 코니는 커튼을 쳐 버렸다.

처음에는 모두 조금은 힘들다고? 흥! 코니는 다시 침대 위에 벌러덩 드러누웠다. 린트만 선생님이 처음에 조금 힘든 것일까? 아빠는 정말 아무것도 몰라! 오늘 겪은 일은 조금 힘든 것이 아니라 엄청 힘든 일이었다. 이 용이 적어도 앞으로 2년 간은 목에 매달려 있을 거라고 생각하니 코니는 절로 신음소리가 났다. 그리고 그 금발머리 수다쟁이 뱀 같은 애는 대학교 가기 전까지는 보고 살아야 할 것이었다.

코니는 한숨을 쉬었다. 이것은 이제 겨우 끝없는 어려움의 시작일 뿐이었다.

* * *

초등학교 때보다 과목이 훨씬 더 많아졌다. 그리고 그중의 절반은 린트만 선생님의 과목이었다. 코니는 이건 너무하는군, 하고 생각했다. 코니가 가장 좋아하는 과목인 독일어 선생님이 다른 선생님이라는 게 조금은 위안이 되었다. 오늘 독일어 수업은 처음부터 두 시간짜리였다.

"마침내 용을 안 보게 되었군!"

코니가 만족스러운 듯 말했다.

"뭘 안 보게 되었다고?"

안나가 물었다.

"용! 린트만 선생님을 나는 그렇게 불러!"

코니가 씩 웃었다. 빌리는 킥킥거렸다.

"딱 맞네!"

"왜 그렇게 불러?"

안나가 궁금해했다.

"예전에는 용을 린트부름이라고 했대."

빌리가 설명했다.

"처음 듣는 말이야."

안나가 중얼거렸다. 그러면서도 씩 웃었다. 그 별명이 마음에 들었다.

종이 울렸다. 코니와 빌리, 안나는 기대에 찬 눈으로 문쪽을 바라보았다. 가벼운 발소리를 내면서 새로운 독일어 선생님이 산책이라도 하듯 교실 안으로 들어왔다. 코니는 휴 하고 숨을 내쉬었다. 알버스 선생님은 젊은 청년이었다. 선생님이라고 하기에는 적어도 그랬다. 알버스 선생님은 짧고 검은 곱슬머리였고, 여유 있게 미소를 지었다. 적어도 용처럼 생기지는 않았다.

"안녕! 김나지움에 온 것을 환영한다!"

알버스 선생님이 큰 소리로 말하면서 가볍게 몸을 날려 책상에 앉았다.

"나를 소개해도 될까? 나는 알버스 선생님, 너희들의 독일어 선생님이야."

알버스 선생님은 기대에 가득 찬 눈으로 교실을 한 바퀴 둘러보았다.

"자, 이제 나도 당연히 너희들이 누구인지 알고 싶구나. 너희들도 서로서로를 아직 잘 모르겠지? 학교에 온 지 아직 일주일도 안 됐으니까 말이야. 그래서 우리 모두 자기소개를 하는 것이 어떨까?"

알버스 선생님은 낡은 가죽 가방을 뒤적였다.

"그런데 너희들 스스로 자기소개를 하는 것이 아니고 이렇게 하자고. 각자 자기가 소개하고 싶은 친구를 한 명씩 고르는 거야. 가능하면 초등학교 때 몰랐던 친구를 골라. 그리고 나서 그 친구에게 이름, 생일, 취미 그리고 좋아하는 과목이 무엇인지 묻는 거지. 그 대답들을 모두 종이에 적는 거야."

알버스 선생님이 가방에서 도화지 한 뭉치를 끄집어냈다.

"그리고 그 옆에는 그 친구의 모습을 그려 넣는 거야. 물론 될 수 있으면 비슷하게 그려야겠지!"

알버스 선생님이 도화지를 아이들에게 나누어 주었다.

"중요한 것은 말이야, 모든 친구가 소개되어야 하는 거야. 그러니까 각자 꼭 한 사람에게서만 질문을 받아야겠지. 두 번 받으면 안 돼! 안 그러면 나중에 초상화 한 장이 빠지게 되니까 말이야."

선생님은 다시 칠판 앞으로 돌아갔다.

"자, 그럼 너희가 이제 무엇을 해야 하는지 잘 알 수 있도록 내가 시범 삼아 내 인상착의를 칠판에 그려 보도록 할게."

이름 : 리누스 알버스

나이 : 35

생일 : 3월 20일

취미 : 독서, 배구, 영화 관람, 물고기 기르기

좋아하는 과목 : 독일어

그 옆에 알버스 선생님은 몇 줄로 슥슥 아주 잘 어울리는 자기 초상화를 그렸다. 알버스 선생님은 만족스럽다는 듯 아이들을 보고 씩 웃었다.

"자, 이제 너희들 차례다!"

코니는 주위를 둘러보았다. 코니는 아는 아이가 거의 없었다. 초상화를 그릴 친구를 찾는 것은 간단해 보였다. 그러나 착하게 보이는 친구는 벌써 여러 아이들이 둘러싸고 있었다. 다들 자기보다는 어쨌든 잽싸 보였다.

뒤쪽 구석 자리에 아무에게도 선택받지 못한 여자 아이가 앉아 있었다. 그 아이는 책상 위에 고개를 잔뜩 숙이고 있어서 숨으려고 하는 듯이 보였다. 코니가 처음에는 그 아이를 못 본 것도 이상한 일이 아니었다. 그 아이는 다갈색 티셔츠를 입고 있었다. 검고 곱슬곱슬한 머리는 말총머리로 묶었다. 코니는 그 아이에게 다가갔다.

"안녕? 네 초상화 그려도 돼?"

코니가 물었다. 그 아이는 깜짝 놀라서 코니를 쳐다보았다. 그러고 나서 고개를 끄덕였다.

"응, 그래도 돼!"

"좋아. 그럼 시작이다. 네 이름이⋯⋯."

"⋯⋯디나 도소."

디나는 수줍은 듯 고개를 한쪽으로 돌렸다.

"나도 널 소개해도 되겠니?"

"안 돼!"

갑자기 야네테가 두 사람 옆에서 끼어들었다.

"내가 코니 초상화를 그릴 거야."

"디나가 먼저 물어봤잖아."

코니가 알려주었다. 코니는 이 멍청이에게 소개를 받고 싶은 생각이 눈곱만큼도 없었다.

"디나가 다른 사람 고르면 되지. 안 그래?"

디나는 꼼짝도 하지 않았다. 디나는 아무 말 없이 자기 연필을 뚫어져라 바라보다가 손가락 사이에 넣고 천천히 돌리기 시작했다.

야네테는 디나 쪽으로 몸을 굽혔다. 너무 가까이 몸을 숙였기 때문에 디나는 어쩔 수 없이 올려다보았고 잠깐 동안 둘은 서로의 눈을 바라보았다.

"그래, 네가 하필이면 꼭 코니를 소개하고야 말겠다는 거니?"

야네테가 달콤한 목소리로 물었다.

"내, 내가?"

디나는 당황해서 말을 더듬었다.

"아니야, 음……. 꼭 그런 것은 아니야. 뭐, 원한다면 네가 소개해도 돼."

"진작 그렇게 나올 것이지."

야네테는 의기양양하게 고개를 들었다.

"자, 그럼 시작하자고!"

야네테는 서둘러서 하얀 종이를 꺼내더니 당장이라도 쓸 준비를
했다.

"이름?"

"하지만 나는 디나가 나를 소개했으면 하는데."

코니는 잘라 말하면서 물러서지 않았다.

"괜찮아!"

디나가 작은 목소리로 말했다.

"야네테가 나보다 훨씬 더 잘할 거야."

"그거야 말하나마나지."

야네테가 거만하게 입술을 삐죽거렸다.

"자, 다시 한 번 제대로 말해 봐. 코르넬리아야, 아니면 콘스탄츠
야?"

"코니, 그냥 코니라니까!"

코니가 소리를 빽 질렀다. 다른 질문들에 대해서도 억지로 답을
했다.

"너는 왜 맞서지 못하니?"

야네테가 다시 제자리로 돌아가자, 코니가 디나에게 물었다.

"맞선다고? 야네테한테?"

디나가 깜짝 놀라서 눈을 동그랗게 떴다.

"아무도 걔한테는 맞서지 못해."

디나가 설명했다.

"그리고 나는 더구나 그렇게 못해."

디나는 풀이 죽어서 덧붙였다.

"자, 다시 모두 제 자리에 앉도록 해라."

알버스 선생님이 손뼉을 쳤다.

"이제 슬슬 시작하지 않으면 오늘 못 끝낼지도 몰라."

파울이 시작하기로 했다. 파울은 물론 마르크를 골랐다. 기대하던 대로였다. 두 사람은 매일 붙어다니는 친구였다.

"누군가를 소개하는 사람이 그 뒤에 소개를 받는 걸로 하자."

알버스 선생님이 놀이 규칙을 설명해 주었다. 멋진 규칙이었다. 파울은 마르크에게 소개를 받게 되기 때문이었다. 그런 다음에는? 알버스 선생님은 그냥 아무 이름이나 불렀다. 디나가 다음 차례가 되었다. 디나는 코니가 시키는 대로 빌리를 소개했다.

"지빌라 페르디는 이제야 열두 살이 되었어요. 지빌라는 한 학년을 건너뛰었거든요."

디나가 빌리를 소개하기 시작했다. 빌리는 얼굴이 빨개졌다. 그런 것은 설문 내용에 들어 있지 않았잖아! 빌리는 디나가 물어봤기 때문에 대답했을 뿐이었다.

"빌리의 생일은 2월 6일입니다."

디나가 작은 목소리로 소개를 계속해 나갔다.

"빌리의 취미는 동물 관찰입니다. 특히 호랑이와 돌고래에 관심이 많습니다. 빌리는 '자연보호 어린이회'의 회원입니다. 빌리는 독서를 좋아하고 유도도 할 줄 압니다. 빌리가 가장 좋아하는 과목은 생물입니다."

디나는 부끄러운 듯이 빌리를 그린 그림을 높이 들어올렸다. 그 그림은 정말 믿을 수 없을 만큼 빌리와 꼭 닮아 있었다.

"너는 정말 화가로구나."

알버스 선생님이 놀라워했다. 알버스 선생님은 손가락으로 귓불을 긁었다.

"자, 그럼 누가 디나를 소개하지?"

코니가 손을 들었다. 그러자 모두 코니를 바라보고 있음을 순간 깨달았다. 자진해서 화장실 청소를 하겠다고 나선 사람을 보는 듯했다.

"둘이 아주 잘 어울리네."

야네테가 톡 쏘아붙였다. 작은 목소리여서 알버스 선생님은 듣지 못했지만 코니가 들을 수 있을 만큼 소리가 컸다.

"디나 도소는 열세 살입니다. 디나의 생일은 5월 6일입니다. 디나는 그림 그리기를 좋아하는데, 특히 만화를 잘 그립니다. 그리고 디나는 음악 감상을 좋아합니다."

"음악이라고? 동요나 듣겠지, 뭐!"

야네테가 나지막히 말하자 야네테의 친구들이 킥킥거렸다. 코니는 들은 척도 안 하고 계속 이야기했다.

"디나가 가장 좋아하는 과목은 미술입니다."

코니는 잠깐 동안 디나의 초상화를 높이 들어올렸다. 코니는 이만하면 잘 그렸다고 생각했다. 디나가 그린 것보다는 조금 못하지만.

"잘했다!"

알버스 선생님이 칭찬을 해 주고는 디나에게 친절한 몸짓으로 고개를 까딱했다.

"그래, 이제 누가 우리에게 코니를 소개하지?"

"저요!"

야네테가 손을 번쩍 들었다. 교실 안이 술렁거렸다. 야네테는 만족스러운 듯 미소를 지었다.

"음."

야네테는 짧게 소리를 내고는 적어 놓은 것을 읽기 시작했다.

"코니 클라비터는 열세 살입니다. 4월 30일이 생일이지요."

야네테는 여기서 잠깐 멈추었다.

"코니의 취미는 승마, 독서, 그리고 고양이든 뭐든 동물이면 다 좋아합니다. 코니가 가장 좋아하는 과목은……."

야네테가 코니를 비웃으며 말했다.

"독일어랍니다."

반 아이들이 모두 씩 웃었다. 코니는 안절부절못하고 의자 위에서 몸을 꿈틀댔다. 그것이 뭐가 우습단 말일까? 이상한 일이었다. 야네테가 코니에 대해 한 말은 모두 맞는 말뿐이었다. 모두 코니가 직접 한 말들이니 당연했다. 그런데도 야네테가 소리 내어 읽으니까 4월 30일이 생일이라는 것조차 몹시 우스꽝스러운 일이라는 듯 들렸다. 코니의 취미는 말이 아니라 돼지를 타거나 전화번호부를 읽거나 거미를 데리고 논다는 듯이 들렸다.

"초상화는?"

알버스 선생님이 친절하게 물었다.

야네테는 자기가 그린 그림을 들어서 보여 주었다. 반 아이들에게서 폭소가 터져 나왔다. 코니의 얼굴이 새빨개졌다. 이렇게 비열할 수가! 저런 사팔뜨기 네안데르탈인과 자기가 어디가 닮았단 말인가!

"그런데 그 그림은 조금도 안 닮았는데!"

알버스 선생님도 같은 의견이었다.

"안 닮았다고요?"

야네테가 어깨를 으쓱했다.

"나는 그린다고 열심히 그렸는데요."

반 아이들이 더 큰 소리로 웃었다.

"조용히!"

알버스 선생님이 손뼉을 쳤다.

"그럼 누가 야네테를 소개하지?"

교실이 천천히 다시 조용해지자, 알버스 선생님이 물었다. 야네테의 친구들 두 명이 동시에 손을 들었다.

"아직 잘 모르는 친구를 소개해야지."

빌리가 작은 목소리로 속삭였다. 알버스 선생님도 조금 당황스러워하는 듯했다.

"너희 둘 다 야네테를 골랐니? 그럼 한 사람이 빠지게 되잖아!"

"그게 바로 나야."

안나가 코니를 향해 속삭였다. 아무도 안나에게 질문을 던지지 않았고 생일이 언제냐고 물어봐 주지도 않았다.

"그럼 이제 누가 남았지?"

마침내 알버스 선생님이 물었다.

"손 들어 볼래?"

그래야만 하나? 안나는 등을 잔뜩 구부렸다. 하지만 알버스 선생님은 안나가 결국 머뭇거리면서 손을 들 때까지 느슨하게 굴지 않았다. 그냥 넘어가 주시면 안 되나?

상황이 더욱 나빠졌다. 안나는 스스로를 소개해야 했다! 이런 끔찍한 일이! 안나는 땅 속으로 푹 꺼져 버렸으면 좋겠다고 생각했다.

　"저는 안나 브룬스베르크라고 하고 7월 6일에 열두 살이 되었습니다."

　안나는 책이라도 읽는 듯이 단조롭게 이야기했다.

　"제 취미는 말타기이고 제가 가장 좋아하는 과목은……."

　안나는 갑자기 말을 멈추었다. 안나는 독일어라고 말하려고 했다. 그러나 알버스 선생님이 자기를 이렇게 망가뜨려 놓은 지금, 안나에게 독일어는 이미 버림받은 과목이었다. 모두 안나를 뚫어져라 쳐다보고 있었다.

　"그래, 너는 무슨 과목을 제일 좋아하니?"

　알버스 선생님이 친절한 목소리로 물어봤다.

　"저는 특별히 좋아하는 과목이 없는데요!"

　안나가 퉁명스럽게 답했다.

　"아, 너는 모든 과목을 다 좋아하는구나. 그건 또 별스러운 일인걸!"

　알버스 선생님이 이렇게 말하자 모두들 킥킥거렸다. 알버스 선생님은 무슨 일인가 하고 어리둥절해했다.

　안나는 마음속으로 알버스 선생님에게 종주먹을 한 대 날렸다.

　"이제 초상화를 모두 벽에 붙이도록 하자."

　알버스 선생님이 압핀을 나누어 주었다. 알버스 선생님은 자기 자신과 자신의 두 시간짜리 수업에 대해 몹시 만족스러워하는 듯했다.

"이것으로 교실이 한층 더 멋지게 보이는구나."

알버스 선생님은 교실을 나가면서 말했다.

멋지다고? 코니는 야네테가 끄적거려 놓은 못생긴 네안데르탈인의 얼굴을 바라보았다. 이런 좀비 초상화를 보며 한 해를 버텨야 하다니!

"아무도 나를 소개하지 않았어."

쉬는 시간에 안나가 투덜거렸다.

"아무도, 단 한 사람도!"

안나는 지금껏 이때처럼 비참한 느낌을 가져 본 적이 없었다. 코니는 포기했다는 듯 어깨를 으쓱했다.

"그건 그래도 천 배나 괜찮은 일이야. 네 귀신 얼굴이 일 년 동안이나 벽에 걸려 있는 것보다야."

안나가 코니를 무섭게 째려보았다.

"너는 전혀 모르잖아. 사람이 공기 취급을 받는 것이 어떤 기분인지 네가 알아?"

"아, 그래?"

코니도 되받아치려고 했다. 그런데 그때 좋은 생각이 떠올랐다.

"안나, 있잖아. 나한테 좋은 생각이 있어."

＊ ＊ ＊

다음 날 아침, 안나와 코니는 맨 처음으로 교실에 나타났다. 안나는 야네테의 그림을 벽에서 떼어 냈다. 그러고는 대신에 코니의 초상화를 벽에 붙였다. 그동안 코니는 안나의 초상화를 벽에 붙였다. 지난날 오후 두 사람은 서로의 초상화를 그렸던 것이다. 그리고 두 사람의 그림은 디나의 걸작 빼고는 다른 그림들과는 비교도 안 될 만큼 멋졌다.

코니는 화장실에서 자기의 귀신 얼굴을 수십 조각으로 갈기갈기 찢은 다음 변기에 넣고 물을 내려 버렸다.

"이제야 기분이 좀 나아지는군."

코니가 만족스럽게 말했다.

"나도!"

안나도 말했다.

야네테는 그림들 앞에 서서는 교실 벽에 초상화가 두 장이나 걸린 유일한 사람으로서의 기쁨을 만끽했다. 그러다 갑자기 빙그르르 돌아섰다.

"야, 코니! 너, 그림에 무슨 짓을 한 거니?"

"내가?"

코니는 시치미를 뚝 뗐다.

"무슨 일인데?"

"내가 그린 그림이 없어졌잖아! 그 대신 다른 그림이 붙어 있다고!"

"아, 정말?"

코니가 물었다.

"저게 네가 그린 그림 아니야?"

"아니라니까."

야네테가 씩씩거렸다.

"너도 잘 알잖아!"

안나는 매우 영리했다. 코니의 새 초상화를 의자 위에 올라가지 않고는 손이 닿지 않을 만큼 높은 곳에 붙였다. 그렇지 않았다면 화가 잔뜩 난 야네테가 당장 떼어 냈을 것이다. 그러나 굳이 의자를 가져온다는 것은 야네테로서도 체면을 구기는 일이었다.

코니는 다음 수업 시간에 다시 한번 벽 높은 곳을 바라보았다. 예쁘고 자신감에 가득 찬 미소짓는 코니를. 마치 모나리자처럼 보였다. 그리고 이런 사실은 새로운 학년을 좀 더 견딜 수 있게 만드는 데 도움이 되었다. 적어도 조금은.

3

코니는 목이 말랐다. 정말로 목이 말랐다. 날이 몹시 더워서 목에 불이 붙은 듯했다. 그러나 아무 데도 물이 없었다. 아무리 멀리 내다 보아도 보이는 것이라곤 모래와 이글거리는 태양밖에 없었다. 코니는 사막 한가운데에 있음에 틀림없었다. 그런데 어떻게 이런 곳에 오게 된 것일까?

코니는 갑자기 무슨 소리를 들었다. 코니는 주변을 휙 돌아보았다. 거대한 티라노사우루스가 코니를 향해 성큼성큼 달려오고 있었다. 코니는 도망을 가려 했지만 다리가 말을 듣지 않았다. 코니는 꽁꽁 묶여 있었다. 코니가 깜짝 놀라서 살펴보니 뱀 한 마리가 코니의 발을 친친 감고 있었다. 코니는 비틀거리다가 모래 속에 처박히고 말았다. 그러자 어느 새 티라노사우루스가 코니 바로 위에 다가와 거대한 주둥아리를 벌리고 무시무시한 소리를 질러 댔다. 그 소리는 멈추지 않았다.

코니는 눈을 번쩍 떴다. 그 소리는 알람 소리였다! 겨우 알람이라니! 코니는 알람을 끄고 마음을 놓고는 다시 침대 속으로 기어 들어 갔다. 아주 나쁜 꿈이었다.

"일어나라. 학교 가야지!"

엄마가 즐거운 목소리로 문을 열고 소리를 지르더니 이내 다른 곳으로 가 버렸다.

코니는 천천히 정신을 차렸다. 온몸에 기운이 하나도 없었다. 목은 여전히 불에 타는 듯이 따가웠다.

"너, 얼굴이 창백하구나!"

코니가 아침을 먹으러 내려오자 엄마가 소리를 질렀다.

"어디 안 좋니?"

"나쁜 꿈을 꾸었어요."

코니가 중얼중얼 대답했다.

"그것뿐이니?"

"목도 조금 아파요."

"어디 한번 보자."

엄마는 전문가의 몸짓으로 코니의 머리를 불빛 아래에 대고는 입 안을 살펴보았다. 어쨌든 엄마는 소아과 의사니까.

"편도선이 많이 부었는데."

엄마가 그렇게 말하고는 체온계를 가져왔다.

"37도. 학교에 갈 수는 있겠다."

엄마가 의사로서의 소견을 말했다.

"오늘 수영이 있지 않니?"

코니가 고개를 끄덕했다.

"내가 사유서를 한 장 써 줄게."

"하지만 엄마."

코니가 항변하고 나섰다. 수영은 오늘 학교에서 조금이나마 코니에게 재미를 줄 만한 유일한 시간이다. 그리고 또⋯⋯.

"애들이 어떻게 생각하겠어? 학교에 와 놓고는 수영 시간에는 빠진다고? 내 꼴이 어떻겠냐고?"

"다른 애들이 어떻게 생각하건 나랑은 전혀 상관없지."

엄마가 똑 잘라 말했다.

"편도선이 이렇게 부었을 때는 물에 들어가서는 절대로 안 돼!"

"그럼 차라리 집에 있을래."

"열이 없는 한 학교에는 가야지."

엄마가 주장을 꺾지 않았다.

"나도 그렇게 생각하는데."

아빠가 끼어들었다. 늘 그렇듯이 아빠는 엄마 편이다.

"학교에 한 번 빠지면 김나지움에서는 놓치는 게 너무 많아."

코니는 기운이 난다는 물약 몇 방울과 목 아픈 데 먹는 사탕 몇 알을 받았다. 마지막 순간에도 코니는 책가방에 수영복을 몰래 넣으려고 해 보았다. 반 애들 앞에서 창피를 당하느니 차라리 제대로 아팠으면 했다. 그러나 엄마는 등 뒤에도 눈이 달린 게 틀림없었다.

"수영복은 놓고 가."

엄마가 말하고는 코니의 수영복을 빼앗았다. 어젯밤의 악몽이 아마도 아직 끝나지 않은 듯했다.

코니는 수업 시간 내내 괴로웠다. 수학 시간만 끝나고 그냥 집에 갈 수 있었으면 하고 바랐다. 그러나 린트만 선생님은 수영 시간에도 수영장 가장자리에 앉아 있어야 한다고 명령했다. 어쨌든 수영장까지 가야 한다는 것을 뜻했다.

다른 아이들이 옷을 갈아입는 동안, 코니는 신발과 양말만 벗어서 옷장 안에 넣었다. 그러고 나서 될 수 있으면 눈에 띄지 않게 살짝 탈의실을 빠져나왔다. 그러나 당연하게도 아이들 모두 코니를 바라보았다. 등 뒤에 아이들의 눈길이 느껴졌다. 모두들 코니에게 무슨 일이 있는지 궁금해하고 있었다. 고통스러운 일이었다. 팻말이라도 하나 목에 걸어 두었으면 싶었다.

"목이 아파서 수영 금지당함!"

내가 무슨 일을 겪고 있는지 엄마가 안다면!

코니는 샤워실을 지나 넓은 홀로 나갔다. 린트만 선생님이 수영장 가장자리에 서서 관리인에게 아이들 수업을 위해서 레인 두 개를 치도록 하고 있었다. 코니는 빨갛고 하얀 긴 줄이 물 위에서 춤을 추는 모습을 바라보았다. 마침내 두 줄의 끝이 고리에 걸렸다.

"고마워요!"

린트만 선생님이 소리를 질렀다.

"나중에 한 번만 더 도와주세요. 다이빙을 해야 하니까요."

"잘 알았습니다."

관리인이 고개를 끄덕였다.

"그때 다시 올게요."

관리인이 코니를 지나치면서 눈썹을 추켜올렸다.

"수영을 못하나 보지?"

관리인은 하필이면 야네테와 아리아네, 그리고 자스키아가 샤워실에 막 나오는 순간 걸걸한 목소리로 외쳤다. 셋은 숨이 막힐 만큼 킥킥대고 웃었다.

관리인 아저씨, 정말 고맙군요!

코니는 아무 말 없이 물쪽을 바라보면서 어금니를 꽉 물었다.

관중석에 앉아 있는 코니는 자기가 너무나 바보처럼 생각되었다. 다른 아이들과 함께 자기도 물속에 있었으면 하고 바랐다. 아이들은 린트만 선생님의 구령에 맞추어 수영장을 헤엄치며 돌고 있었다. 코니는 지루한 듯이 주변을 둘러보았다.

린트만 선생님은 낡아빠진 커피색 트레이닝복을 걸치고 있었다. 그리고 선생님의 주름진 목에는 호루라기가 걸려 있었는데, 선생님은 연신 그 호루라기를 불어 댔다. 삑! 삑! 계속해서 말이다.

"이제 평영 두 바퀴!"

선생님이 소리를 질렀다.

마침내 모두들 수영장에서 나오라는 신호로 길게 호루라기 소리가 들리더니 팔을 번쩍 들어올리는 것이 보였다. 아이들은 쫄딱 젖어 덜덜 떨면서 린트만 선생님 주위를 에워싸고 서 있었다. 그러고 나서 아이들은 함께 다이빙대가 있는 곳으로 건너갔다.

수영장 관리인 아저씨가 조용히 수영장 뒤쪽을 막는 동안 린트만 선생님은 수영장 가장자리에 섰다. 몸은 똑바로 하고, 무릎은 약간 구부리고, 팔은 옆으로 차려 자세를 하고는 다이빙 자세의 시범을 보였다.

이제 모두들 한 줄로 늘어섰다. 그리고 차례로 다이빙을 했다. 야네테는 필요 이상으로 다이빙 보드 위에 오랫동안 머물렀다. 겁이 나서가 아니었다. 그저 아이들이 자기를 바라보는 것을 즐기는 것이었다.

린트만 선생님이 호루라기를 불었다.

"뭘 하고 있니? 얼른 뛰어내려!"

야네테는 짜증이 난 듯 입술을 뽀로통하게 내밀더니 보드에서 훌쩍 뛰어내렸다.

린트만 선생님은 다시 호루라기를 불었다. 선생님이 3미터 높이의 다이빙 보드를 가리키자, 모두들 다이빙대 주위를 에워쌌다.

마르크가 첫 번째로 계단을 올랐다. 마르크는 1미터 높이밖에 안 된다는 듯이 보드 위에 매우 여유 있게 서 있었다. 심지어는 탄력을 더 받기 위해 발을 구르기 시작했다. 린트만 선생님은 얼굴을 찡그렸다. 그러나 마르크는 수직으로 멋지게 물속으로 뛰어내렸다. 린트만 선생님은 만족한 듯 고개를 끄덕였다.

"자세가 아주 좋았어!"

선생님이 소리를 쳤다.

파울이 그 다음으로 다이빙을 했다.

"잘했어, 파울!"

수영장은 찌는 듯이 더웠다. 코니는 더위를 조금이라도 식히기 위해 자기도 물속으로 뛰어들었으면 했다. 3미터 보드에서 다이빙하는 것이야 코니에게는 문제가 없었다. 물론 처음 다이빙을 할 때는 다리가 조금 후들거리기도 했다. 하지만 벌써 오래 전의 일이다. 코니가 다이빙을 하고 난 뒤 기쁘게 손을 흔들며 물 위로 떠올랐을 때에 토르벤이 지었던 표정을 생각하고는 빙긋이 웃었다. 토르벤은 코니가 설마 진짜로 다이빙을 할 것이라고는 생각지 못했던 것이다. 그리고 토르벤의 차례가 되었을 때 토르벤은 바람처럼 그 자리에서 도망쳐 버렸던 것이다.

코니는 여기 혼자서 멍하게 앉아 있지 않을 수만 있다면 무엇이든 하고 싶었다. 코니는 딱딱한 돌계단에 앉아서 우울하게 이리저리 몸을 뒤틀었다. 이건 정말 불공평하다고 생각했다. 목이 아픈데도 불구하고 꾹 참고 학교에 왔더니 또 이렇게 벌을 주다니!

어쨌거나 코니로서는 그저 구경만 할 수밖에 없었다. 그때 막 야네테의 차례가 되었다. 조금 창백해진 얼굴로 야네테는 다이빙 보드 위에 서 있었다. 그러나 몸을 보드처럼 뻣뻣하게 만들더니 밑으로 뛰어내렸다. 물속으로 잠기기 직전 찢어져라 날카로운 소리가 들렸다.

"저런 잘난 체하는 멍청이!"

코니는 이를 갈았다. 늘 요란하다니까!

이번에는 안나가 계단을 올라갔다. 코니는 씩 하고 웃었다. 안나가 보드 위에서 앞으로 걸어 나갈 때 아래쪽은 보지 않았기 때문이다. 안나는 똑바로 건너편 벽만 바라보았다. 친구들끼리 생각해 낸 기발한 요령이었다. 위에서 오랫동안 수영장을 내려다보면 속이 메슥거리기 때문이었다. 물은 한없이 멀게만 느껴진다. 3미터 이상, 적어도 4미터 50은 될 것이다. 보드 위에 누워 있는 것이 아니라 서 있기 때문이다.

뛰기 직전에 잠깐 보아야 한다. 뛰어내릴 곳이 비어 있는지 잠깐 살펴보고 나서 오래 생각하지 말고 훌쩍 뛰어내리는 것이다. 그렇게 해야 잘된다.

빌리도 안나와 똑같이 했다. 뛰어내리기 직전에 잠깐 물쪽을 바라보고 다음 순간 폴짝 밑으로 뛰어내렸다. 그러면서 팔은 옆구리에 얌전히 대고 있었다. 그런데 마지막 순간에 손 하나를 올리더니 빌리는 코를 잡았다.

잘난 체하기 좋아하는 오스카는 머리부터 물속으로 들어가려 했다. 그러나 배부터 물에 닿아서는 철퍼덕 하고 제대로 큰 소리가 났다. 오스카가 물위로 올라올 때 보니까 그렇게 행복해 보이지 않았다. 게다가 오스카는 물에서 나오자마자 린트만 선생님에게 호되게 야단을 맞았다.

쳇, 운이 없었어!

마지막으로 디나만 남았다. 디나는 망설이면서 계단을 올랐다. 코니는 디나가 겁을 먹고 있다는 것을 금세 알아차렸다. 정말 겁이 많이 난 듯했다. 슬로우비디오처럼 디나는 천천히 다이빙 보드에 올라갔다. 그리고 나서 디나는 발로 한 걸음 한 걸음 더듬더듬 앞으로 나아갔다.

"야, 거기서 자지 마라!"

야네테가 디나에게 소리를 질렀다. 린트만 선생님은 디나를 째려보았다. 디나는 마침내 보드 끝부분에 서서 아래쪽을 바라보았다. 코니는 텔레파시를 해 보았다. 자, 뛰어! 그렇게 오랫동안 아래를 보지 마!

그러나 코니의 메시지는 디나에게 전달되지 않은 것 같았다. 디나는 여전히 물을 향해 아래쪽만 보고 있었다.

"그냥 밑으로 뛰어내려, 일 미터짜리에서 했던 것처럼!"

린트만 선생님이 디나를 향해 소리쳤다.

"보기보다 그리 안 높아!"

디나는 위에서 린트만 선생님 쪽을 잠깐 건너다보았다. 그리고 나서 다시 물을 바라보았다. 디나는 얼굴이 하얗게 질려 있었다.

"자, 빨리 하라니까!"

야네테가 빽 하고 소리를 질렀다.

디나는 거의 눈에 띄지 않게 고개를 저었다. 디나는 조심스럽게 뒤로 돌아서더니 보드에서 계단 쪽으로 살금살금 걸어갔다.

"좋아."

린트만 선생님이 놀랍게도 부드러운 목소리로 말했다.

"다음에 다시 한번 시도해 보도록 하자."

모두들 디나가 덜덜 떨면서 계단을 내려오는 것을 바라보았다. 코니가 앉아 있는 곳에서도 야네테가 킥킥거리는 소리가 들렸다.

코니는 침을 꼴깍 삼켰다. 불쌍한 디나!

린트만 선생님은 마지막으로 호루라기를 불었다. 수영 시간이 끝난 것이다.

모두들 코니 앞을 지나쳐서 탈의실로 들어갔다. 마지막으로 아이들과 얼마간 떨어져서 디나가 그 뒤를 종종거리며 따라갔다. 머리를 숙인 채로. 물에 젖은 머리카락 몇 가닥이 얼굴에 달라붙어 있었다. 코니는 자리에서 일어났다. 코니는 조금 머뭇거리면서 디나에게 다가갔다.

"너무 언짢게 생각하지 마."

코니가 말했다.

"처음에는 우리 모두 다 겁이 났어."

디나는 코니를 바라보았다. 코니를 믿어야 할지 말아야 할지 의심하는 눈치였다. 디나의 눈이 새빨갰다. 물속에 든 염소 때문만은 아닌 것 같았다.

"무지하게 높아 보이잖아."

코니는 다시 한번 디나를 위로해 주려 했다.

"처음에는 나도 다리가 덜덜 떨렸어. 나도 너처럼 다시 내려오려고 했지. 그런데 그것보다는 미끄러운 계단을 다시 내려오는 게 더 겁나더라구."

디나는 더이상 의심스런 눈치로 보지는 않았다.

"그것도 정말 무서웠어."

디나도 인정했다.

"내가 요령 하나 가르쳐 줄까?"

코니가 물었다.

"보드 위에서 아래를 보지 말고 똑바로 앞만 보는 거야!"

"하지만 아래를 봐야 하잖아. 누군가 거기에서 수영을 하고 있으면 어떻게 해?"

디나가 겁먹은 목소리로 물었다.

"물론이지. 뛰어내리기 전에는 잠깐 아래를 봐야지. 그러나 그전에는 절대 보지 마. 수영장에 사람이 없으면 바로 뛰어내리는 거야, 획! 망설이지 말고!"

"안 돼!"

디나가 소리를 질렀다.

"내 말 들어. 그렇게 어렵지 않아."

코니가 디나를 보고 미소를 지었다. 그러나 디나는 고개를 저을 뿐이었다.

"아이고, 이게 누구야?"

코니와 디나가 탈의실로 들어오자 야네테가 첫소리를 냈다. 눈 화장이 모두 지워져 있어서 마치 뼈만 앙상한 흡혈귀처럼 보였다.

"야, 너 겁쟁이!"

야네테는 깔보듯이 디나를 훑어보았다.

"너, 그 입 닥쳐!"

코니가 쉰 목소리를 냈다. 정말 목만 이렇게 아프지 않았다면.

"너도 땡땡이 한번 잘 치던걸!"

야네테가 모두가 다 들을 수 있을 만큼 큰 소리로 말했다.

"내가 땡땡이를 쳤다구? 나는 아프단 말이야!"

"아프다고? 웃기는 소리 하고 있네!"

야네테가 소리를 질렀다.

"그럼 학교에는 왜 온 거니?"

자스키아가 걸고넘어졌다. 자스키아의 교정틀이 차갑게 번쩍거렸다.

"맞아!"

야네테가 다시 소리를 질렀다.

"아프면 집에서 쉬는 거고 멀쩡해야 학교에 나오는 거지. 그냥 겁이 난 거지? 그렇지?"

코니의 뺨이 발갛게 달아올랐다.

"말도 안 되는 소리! 나는 벌써 여러 번 3미터짜리를 뛰었다고!"

"누구나 말로는 할 수 있지."

야네테가 콧방귀를 뀌었다. 다른 아이들도 씩 웃었다. 디나만 그러지 않았다. 디나는 화난 얼굴로 코니를 바라보았다. 다음번에는 나도 아프다고 말해야지, 하고 생각하는 듯했다.

"안나와 빌리가 증인이야."

코니가 목소리를 높였다.

"코니는 그런 것에는 겁 안 내."

빌리가 얼른 코니 말을 인정해 주었다.

"코니는 벌써 5미터에서도 다이빙한 적이 있는걸."

"그래, 맞아."

안나가 작은 목소리로 중얼거렸다. 하지만 자기는 이런 것들하고 는 아무 관계도 맺고 싶지 않은 듯했다.

"나도 코니 친구라면 그렇게 말해 줄 거야."

야네테가 톡 쏘아붙였다. 안나의 얼굴이 빨개졌다.

"하지만 맞는 말이라니까!"

안나가 고집스럽게 소리를 질렀다.

"자, 어서!"

갑자기 린트만 선생님이 탈의실 입구에 서 있었다.

"다 끝난 사람들은 출입구로 모이도록!"

선생님은 힘차게 손짓을 해 코니와 몇몇 아이들을 밖으로 몰아 냈다.

이런 젠장! 코니는 야네테에게 몇 마디 더 해 주었으면 했다. 그러 나 야네테는 미친 듯이 얼굴에서 흡혈귀의 그늘을 지웠다.

참으로 아까웠다. 야네테에게 아주 잘 어울렸는데.

집에 돌아오고 나서도 코니의 뺨에서는 여전히 열이 났다. 부엌에서는 과자 굽는 냄새가 고소하게 풍기고 있었다. 그러나 코니는 입맛이라고는 조금도 없었다.

"안녕, 코니? 잘 지냈니?"

엄마가 코니의 머리를 쓰다듬었다.

"너, 열이 있구나!"

엄마가 소리를 질렀다. 마치 꾸중을 하는 듯이 들렸다. 코니가 진작에 집에 와야 했다는 뜻인 것 같았다. 하지만 코니도 꼭 그러고 싶었다는…….

"지금 바로 침대에 좀 누울래?"

엄마가 딱하다는 듯이 물었다. 코니는 고개를 끄덕였다. 코니는 그제야 자기 몸이 얼마나 안 좋은지를 깨달았다. 머리는 망치로 두드리는 듯 쿵쾅거렸고 눈에서는 불이 나는 것 같았으며 목은 꽉 졸라맨 듯이 침 삼키기도 어려웠다.

"먹을 것을 좀 갖다 주마."

엄마가 말했다.

"그런 다음 잠을 좀 자렴."

코니는 정말로 잠이 들었다. 그리고 남은 하루를 침대에서 보냈다. 카밀레 차를 마시고 목사탕을 빨아먹고 났어도 몸이 엉망이었다. 내일은 학교에 가지 않아도 될 것 같은 기대감만이 약간 위안이 되었다.

다음 날 아침 깨어났을 때, 코니는 할머니가 문을 열고 들어오는 것을 보았다.

"아, 너 일어났구나!"

할머니가 미소를 지었다.

"다른 사람들은 벌써 다들 나갔단다."

코니는 시계를 보았다. 9시 반이었다! 아빠는 사무실로, 야콥은 유치원으로, 그리고 엄마는 병원으로 가야 하는 분주한 아침나절을 코니는 다행히 잠으로 보낸 것이다.

코니는 입이 찢어져라 하품을 했다.

"할머니, 안녕하세요? 할머니가 오셔서 좋아요."

코니는 팔을 활짝 벌렸다.

"너를 어떻게 여기 혼자 놓아두겠니?"

할머니가 웃으면서 코니의 이마에 쪽 소리를 내며 뽀뽀를 해 주었다.

"일어날래, 아니면 침대에서 밥 먹을래?"

"침대에서요!"

할머니는 부엌으로 가기 전에 커튼을 옆으로 젖힌 다음, 창문을 열었다. 새들이 노래하고 햇빛이 코니의 코끝을 비추었다. 벌써 몸이 다 나은 것 같았다.

다른 아이들은 쉬는 시간을 끝내고 두 시간짜리 수학 수업을 듣고 있었다. 코니는 침대에서 뒹굴뒹굴 편히 쉬고 있었다. 인생이 이렇게 즐거울 수도 있구나 싶었다.

할머니는 코니에게 멜론을 가져다주었다.

"몸이 아플 때는 이것보다 더 좋은 게 없지."

할머니 말이 옳았다. 멜론은 시원하고 물이 많았다. 마르고 뜨거운 목에는 딱 좋았다.

할머니는 침대 위, 코니 옆에 앉아서 코니가 아침을 먹는 것을 지켜보았다.

"오늘은 좀 어떠니?"

"많이 나았어요. 분명히 조금은 나아요."

코니가 다짐을 했다. 그러나 코니는 내일도 학교에는 갈 생각이 없었다. 할머니는 코니의 이마를 짚어 보았다.

"아직도 열이 있는걸."

더 잘됐지, 하고 코니는 생각했다.

코니가 양치질을 하고 세수를 하는 동안, 할머니는 침대를 정리한 다음, 새 잠옷을 꺼내 놓았다. 그러고 나서 두 사람은 '도시, 나라, 강' 놀이를 하며 조금 수다를 떨었다.

"새 학교는 어떠니? 마음에 드니?"

갑자기 할머니가 물었다.

코니는 침을 꼴깍 삼켰다. 코니는 학교에 대해서 이야기할 마음이 별로 없었다. 그러나 할머니는 기대에 찬 눈으로 코니에게 미소를 보냈다.

"전혀요."

코니는 짤막하게 대답했다. 코니는 할머니로부터 당연히 나올 답

을 기다렸지만, 그 답은 나오지 않았다. 그 대신 할머니는

"무슨 일인지 이야기 좀 해 보렴."

하고 말했다.

코니는 린트만 선생님과 지긋지긋한 야네테에 대해 자세히 이야기했다. 할머니는 코니의 이야기를 막지 않았다. 한 번도 막지 않았다. 할머니는 그저 듣고만 있었다.

코니는 하고 싶은 이야기를 그냥 막힘없이 털어놓는다는 것이 얼마나 기분 좋은 일인지 깨달았다. 코니가 마침내 이야기를 끝냈을 때, 할머니는 좋은 충고도 해 주지 않았고 코니를 위로해 주려 하지도 않았다.

"네가 새로운 학교에서 좋은 기분을 느끼지 못한다는 게 안됐구나."

할머니는 그렇게만 말했다. 잠깐 동안 둘 다 말이 없었다.

"네가 선생님을 고를 수 있다면 어떤 선생님이 좋겠니?"

할머니가 마침내 입을 열었다.

"라이지히 선생님 같은 분이요."

코니가 즉각 답을 했다.

"아니면 할머니 같은 선생님!"

"나 같은 선생님?"

할머니가 깜짝 놀라서 소리를 질렀다.

"나는 좋은 선생님이 될 수 없을 거 같은데."

"왜요? 할머니는 영리하고 무지하게 친절하고 잘 웃고 공평하잖아요. 그리고 사람들은 할머니 말씀을 잘 듣잖아요. 할머니는 아주 이

상적인 선생님이에요."

"하루에 이렇게 많이 칭찬을 듣다니! 고맙구나."

할머니가 웃으며 말했다.

"그래도 그렇게 많은 아이들 앞에 설 수 있을지 모르겠구나. 매일 뭔가 새로운 것을 생각해 내고, 모든 사람들을 감동시키고, 동기를 부여하고, 그것은 매우 힘든 일이지. 나는 선생님들을 정말 존경한단다. 훌륭한 선생님들 말이야."

코니는 잠깐 생각해 보았다. 할머니 말이 전혀 틀린 말은 아닐 것이었다.

"하지만 학생으로 사는 것도 그렇게 쉽지는 않아요."

"훌륭한 학생들도 존경하지. 그리고 특히 아주 특별한 훌륭한 학생 말이다."

할머니가 그렇게 토를 달고는 코니에게 눈을 찡긋했다.

* * *

다음 날 오전에도 할머니가 찾아왔다. 그리고 엄마와 아빠, 그리고 야콥이 집에 돌아오기 전에 점심을 준비해 놓았다. 할아버지도 점심을 먹으러 찾아왔다.

"내가 두 번이나 밥을 할 수는 없잖니."

할머니가 웃으며 말했다. 그러고 나서 두 사람은 함께 집으로 돌아갔다. 할머니 없이 오후를 지내야 하는 것은 안타까운 일이었다. 코니는 책을 좀 읽고 졸고 음악을 들었으며 고양이 마우와 놀다가 야콥과 '검은 페터' 놀이를 한바탕 했다. 안나가 들러 주어서 좋았다.

"안녕, 코니? 어떻게 지내는지 한번 살펴보러 왔어."

"아주 잘 지내."

코니가 기침을 했다.

"그런데 아주 안 좋게 들리는데."

안나가 말했다.

"잠깐 앉았다 가야겠는데."

그러더니 안나는 코니의 책상 앞에 있는 회전의자에 앉았다. 침대 가까이 있는 의자였다. 안나는 의자를 이리저리 가볍게 돌려 보았다.

"어때? 뭐, 눈에 띄는 게 없니?"

코니는 안나를 쳐다보았다.

"아이구, 너 안경 새로 했구나?"

코니가 소리를 질렀다.

"아주 멋진걸!"

"그래?"

그러면서 안나는 전혀 그럴 필요가 없는데도 안경을 새로 고쳐 썼다. 예전 안경은 계속해서 안나의 코 아래쪽으로 흘러내렸었다. 그런데 새 안경은 코 위에 얌전히 있었다.

"너한테 각진 안경이 이렇게 잘 어울리리라고는 전혀 생각 못했어."

코니가 놀라워하며 말했다.

"나도 몰랐어. 나는 전처럼 동그란 안경을 하려고 했지. 그런데 안경집 아저씨가 한번 써 보라고 하더라구. 그리고 빙고! 바로 이거였어!"

안나는 자기의 빨간 머리를 뒤로 잡아당겼다.

"아빠 말로는 내가 안경을 쓰면 나이가 들어 보인대."

"맞아."

코니가 고개를 끄덕였다.

"틀림없이 3, 4일은 더 늙어 보이지."

"야, 이 못된 송아지!"

안나는 책상 위에 있던 휴지상자를 집어 들더니 웃고 있는 코니의
머리를 향해 던졌다.

"헤이, 나 환자라고!"

코니가 웃으며 휴지상자를 받아 다시 던졌다.

다음 날은 빌리가 젤리 한 봉지를 들고 찾아왔다.

"비타민이 들어 있는 거야."

빌리가 웃으며 말했다.

"얼른 다시 건강해지라구."

"그렇게 서두를 필요는 없는데."

코니가 말했다.

"그래?"

빌리가 코를 긁으며 말했다.

"우리가 학교에서 무엇을 했는지 알고 싶지 않니?"

"솔직히 말하면 전혀!"

"아니면 말고!"

빌리가 어깨를 으쓱했다.

"뭐, 좋아!"

코니가 양보를 했다.

"그럼 이야기해 봐. 내가 뒤처진 것 빨리 따라잡아야 한다고 엄마가 벌써부터 난리니까."

"선생님들이 정말 스트레스를 많이 준다니까."

빌리는 책가방 하나를 더 갖고 왔다.

"영어 수업은 벌써 제2과를 나가고 있어. 그래도 수학부터 시작하는 게 좋을 거야. 오늘 공식을 두 개나 배웠거든. 네 책 좀 꺼내 봐."

코니는 한숨을 쉬면서 책가방에서 수학책을 끄집어냈다. 사람이 지금 아파 죽겠는데 학교는 아픈 사람까지 절대 그냥 내버려 두지 않는 것이다!

＊ ＊ ＊

다음 날, 코니는 여전히 감기가 지독했지만 열은 거의 내렸다.

"체온이 아주 조금 높을 뿐이야."

엄마가 아침에 열을 재어 보고 말했다.

"운이 좋으면 2, 3일 뒤에는 다시 학교에 갈 수 있겠다."

"정말? 벌써?"

코니가 기지개를 켜며 말했다. 집에 있는 것이 몹시 지루했지만, 학교를 생각하니 금세 다시 머리가 어지러웠다.

"오늘은 샤워를 하고 새 옷을 입어 봐라."

엄마가 제안을 했다. 방문에서 엄마는 한 번 더 코니에게 손을 흔들었다. 엄마는 병원에 가 봐야 했다.

"아, 그럼 나중에 내가 밥하는 거 도와줄 수 있겠구나."

계단을 올라가던 할머니가 말했다.

12시에 두 사람은 부엌에 있었다. 할머니는 버터를 넣은 밀가루 반죽을 들고 서 있었고, 코니가 그것을 종이처럼 얇게 밀었다. 오늘 두 사람은 직접 소를 넣어 춘권을 빚고 있었다. 냄새가 너무 좋아 코니는 식사 시간에 모두 모일 때까지 못 참을 지경이었다.

"위로 올라가서 누가 오는지 볼래요!"

코니가 할머니에게 말했다. 코니 방의 창문으로 거리를 모두 내다볼 수 있었다. 거리는 텅 비어 있었다. 저 멀리 누군가 자전거를 타고 올 뿐이었다.

파울이었다! 맞아, 다른 아이들은 이제 막 학교가 끝났을 것이다.

코니는 파울을 향해 손을 흔들었다. 그러나 파울은 길바닥을 내려다볼 뿐이었다. 응, 왜 저러는 거지? 파울은 자기 집 앞에서 멈추는 대신, 계속해서 자전거를 몰았다. 코니의 집 앞까지.

"파울이 나를 찾아온 모양이네."

코니는 조금 놀라면서 중얼거렸다. 정말 친절한 친구야! 아마도 안나와 빌리가 자기들은 오늘 시간이 없다면서 한번 가 보라고 파울을 설득했을 것이다. 안나는 승마를 하러 갔을 테고, 빌리는 자연보호 동아리에서 모임이 있나 보았다. 최근에 파울은 마르크하고만 어울렸고, 코니는 본체만체했었다. 코니는 그 때문에 조금 토라져 있었다. 그러나 지금 그런 것쯤은 아무 일도 아니었다. 코니는 파울에게

문을 열어 주려고 계단을 뛰어 내려갔다.

이상하게도, 파울은 초인종을 누를 생각도 안 했다. 코니가 대문을 열었다. 파울이 보이지 않았다. 코니는 주위를 둘러보았다. 이상한 일이었다!

집 안으로 들어오려고 몸을 돌렸을 때에야 코니는 깔개 위에 있는 편지를 발견했다. 커다란 글자로 알록달록하게 '코니에게'라고 적혀 있었다. 봉투는 도화지를 접어서 만든 것이었다. 파울은 그 봉투를 편지 투입구에 던져 넣은 모양이었다.

파울에게 온 편지! 코니는 당장 봉투를 열어 보았다. 그러나 그 편지는 파울이 보낸 것이 아니라, 안나와 빌리가 보낸 것이었다! 파울은 우편배달부에 불과했다. 코니는 호기심에 가득 차서 빠른 속도로 읽어 보았다.

사랑하는 코니

오늘 너에게 못 가는 대신, 우리가 보낸 편지를 보면 기뻐할 것이라고 생각했어.

몸은 좀 어때? 금세 다시 건강을 되찾기를 바란다. 네가 없어서 정말 심심하거든! 학교는 야네테 빼고는 별로 새로운 일이 없어……. 걔는 네가 아픈 것이 아니라, 전학을 가야 하기 때문에 못 나오고 있다고 주장하고 있어! 김나지움은 너한테는 너무 어렵다는 거야. 그런 멍청이가 또 어디 있니!

그런데 상상해 보렴. 다른 애들은 우리 말보다 야네테 말을 더 믿는다니까. 어쩜 이럴 수가 있니?

네가 얼른 다시 학교에 나오기를 바란다!

병이 얼른 낫기를 빌게!

안나와 빌리가.

추신 : 내일은 우리 둘 다 너에게 갈 수 있을 거야!

코니의 얼굴이 하얗게 변했다. 야네테가 무슨 소리를 하는 거지? 내가 김나지움에를 못 다닌다고? 이런 비열한 거짓말을!

코니는 깊이 숨을 들이마셨다. 그런 다음 빨간 가죽 책가방을 집어 들었다. 한 가지는 분명했기 때문이다. 내일은 반드시 학교에 나가야 한다는 것이었다. 코니는 알람을 조금 이른 시각에 맞추었다.

아침에 옷을 다 입은 다음, 코니는 계단을 뛰어 내려갔다.

"좋은 아침!"

"아, 이제 우리랑 같이 아침을 먹게 됐니?"

아빠가 신문 뒤에서 물었다.

"예, 오늘 드디어 학교에 갈 거예요."

코니가 고개를 끄덕이며 가능한 한 아무렇지도 않은 듯 대답했다.

"그래도 열은 재 봐야지."

엄마가 말했다.

"벌써 재 봤어요. 36.8도예요."

코니가 주장했다.

"음, 그래도 오늘은 집에 있으면서 쉬는 것이 좋겠는데."

엄마가 생각에 잠긴 채 중얼거렸다.

"아이, 엄마!"

코니가 엄마에게 빌었다.

아빠는 신문 너머로 보더니 한마디 던졌다.

"뭐, 네가 정 그렇다면 할 수 없지."

코니는 한숨을 내쉬었다. 이제 싸움의 절반은 이긴 것이나 진배없었다.

"많이 빠지면 빠질수록 그만큼 많이 놓치는 거야."

코니는 요 며칠간 엄마가 귀에 못이 박이도록 했던 말을 무심코 따라 했다.

"네가 다시 아프지 않기만 바랄 뿐이다."

엄마가 말했다.

"코니가 학교에서도 조심하면 되지. 내가 학교에 데려다 주마."

아빠가 고집스럽게 말했다.

"좋아. 그래도 너무 무리하지 마라, 알겠니?"

엄마가 항복하고 말았다.

"물론이지요."

코니는 약속을 하고서는 얼굴을 밝게 폈다. 이틀 전만 해도 누가 꼭 학교에 가야 한다고 주장했다면 미쳤다고 했을 것이다.

코니는 교실에 들어서자마자 맨 먼저 야네테부터 찾았다. 코니는 칼처럼 날카로운 살인 눈빛을 오늘 아침에 거울 앞에서 연습했다. 그러나 이 멍청한 염소는 당연하게도 아직 자리에 있지 않았다. 그래서 대신 멍청하게 코니를 빤히 쳐다보고 있던 자스키아를 노려보았다. 사실 모든 아이들이 이상한 눈으로 코니를 바라보고 있었다.

적어도 안나와 빌리만은 다시 건강해진 코니를 보고 기뻐했다.

"너, 우리가 보낸 편지 받았니?"

안나가 물었다.

"내가 왜 오늘 학교에 나왔겠니?"

코니가 우울하게 대답했다.

"정말 재수 없지 않니?"

빌리가 흥분해서 말했다.

"누가 아니래?"

코니가 그 사이에 와 있던 야네테 쪽으로 몸을 돌렸다. 야네테는 코니를 본 체도 안 했다.

"내가 이런 독사 같은 걸 그냥……."

코니는 말을 잇지 못했다.

"좋은 아침!"

하는 린트만 선생님의 쉰 목소리가 교실 안을 갈랐기 때문이다. 코니는 얼른 제 자리에 앉았다.

"안녕하세요, 린트만 선생님?"

코니는 다른 아이들과 합창으로 인사를 했다. 원래대로였다면 린트만 선생님은 이 한 목소리로 나오는 인사에 매우 만족했을 법했다. 그러나 선생님은 오히려 눈살을 찌푸렸다.

"사람들이 보면 너희들은 어제 처음으로 학교에 나온 학생인 줄 알겠구나."

선생님은 그렇게 말하고는 뾰족한 손가락으로 코니의 교과서를 집어 들었다.

"지난 4년 동안 아무도 너희에게 교과서에 책가위 씌우는 법을 안 가르쳐 주던?"

코니의 얼굴이 새빨개졌다. 선생님은 왜 하필 자기 교과서를 집어 들었담? 코니는 곁눈으로 흘깃 야네테 쪽을 살펴보았다. 야네테는 씩 하고 비웃고 있었다. 야네테의 책들은 깨끗한 투명 비닐로 곱게 싸여 있었다. 젠장!

린트만 선생님은 뾰족한 손가락으로 책상 위 코니의 책을 가리켰다.

"교과서 한 권 한 권에 모두 책가위를 씌우도록 해라. 내일까지. 집에 종이가 하나도 없다는 소리 따위는 하지 마라. 무언가는 늘 있으니까. 신문지로 싸도 나는 상관없어."

선생님이 엄격한 목소리로 얘기했다. 린트만 선생님은 주름이 가득한 목을 앞으로 쭉 내밀었다.

"자, 단어 공부는 열심히 했겠지?"

"무슨 단어 공부?"

코니가 빌리에게 속삭였다. 빌리는 자기 영어책을 펴고는 손가락으로 두드렸다.

"뭐? 벌써 3과까지 배웠어?"

코니가 잔뜩 흥분한 목소리로 속삭였다. 아마 너무 크게 속삭였을지도……

"아, 코니. 칠판 앞으로 나와 보렴."

린트만 선생님이 기다렸다는 듯이 말했다. 코니는 깜짝 놀라 어깨를 움찔했다.

"저요?"

코니가 믿을 수 없다는 듯이 물었다.

"여기 너 말고 코니라는 애가 또 있니? 나는 몰랐구나."

린트만 선생님이 으르렁거렸다. 그러고 나서 선생님은 세 번째 줄에 앉아 있는 다른 여자아이에게 고갯짓을 했다.

"그리고 너, 릴로, 너도 앞으로 나와 줄래?"

코니는 머뭇거리면서 자리에서 일어났다. 린트만 선생님은 나를 어떻게 하려고 이러는 걸까? 절대 좋은 일은 아닐 거야. 릴로 또한 꼭 즐겁게 보이지만은 않았다.

"다른 친구들은 공책을 펴라. 지금부터 우리의 첫 번째 단어 시험을 보도록 하겠다. 지금부터 매주 한 번씩 시험을 볼 거야. 너희 가운데 둘은 칠판 앞으로 나와서 시험을 보아라. 그러고 나서 점수를 매길 거다."

코니는 깜짝 놀랐다. 단어 시험? 그런데 내가 칠판 앞으로 불려 간단 말이야? 린트만 선생님은 내가 요 며칠간 심하게 아팠다는 것을 새까맣게 잊으신 건가?

코니는 손을 높이 들었다. 하지만 그것은 별로 의미 없는 행동이었다. 코니는 칠판의 앞쪽에 서 있었고, 선생님은 뒤돌아 서 있었기 때문이다. 코니는 있는 힘껏 손가락을 튕겨 딱 소리를 냈다. 린트만 선생님이 휙 뒤를 돌아보았다. 손가락을 튕기는 따위의 행동은 참을 수 없다는 듯이.

"저는 오늘까지 아팠는데요."

코니는 자기가 오늘 칠판 앞에 절대 나갈 수 없음을 설명하려 애썼다.

"아, 그래? 그래서?"

린트만 선생님이 되물었다.

"제가 단어를 암기해야 한다는 것을 어떻게 알았겠어요?"

"그건 네 문제고. 그리고 친구들한테 전화라도 걸어서 물어봤어야지. 뭘 해야 하는지."

린트만 선생님은 아이들 쪽으로 뒤돌아섰다.

"모두 마찬가지야. 아픈 사람은 따라가야 할 공부가 무엇인지 알아봐야 하는 거라고. 침대에서도 공부는 할 수 있잖아."

교실 안은 숨소리도 들릴 만큼 조용했다. 야네테가 킥킥거리며 웃음을 참는 소리만 들렸다.

"여기서 뭐가 우스운지 모르겠구나. 얼렁뚱땅 넘어가는 일은 김나지움에서는 있을 수 없어. 누구라도 말이야."

얘기가 끝났다는 신호로 린트만 선생님은 짧게 헛기침을 했다.

"자, 공책을 펴라. 그리고 너희 두 사람은 칠판 앞에 가서 서렴. 다른 아이들이 모두 너희 틀린 답을 베껴 쓰지 않도록 말이야."

그러고 나서 린트만 선생님은 문제를 내기 시작했다. 모두 새로운 단원에 나오는 단어들뿐이었다. 독일어를 영어로 옮기는 문제였다. 그런 식의 문제였기 때문에 코니에게는 아무런 기회도 없었다. 만약 영어에서 독일어로 옮기는 거라면 코니도 추측이라도 조금 할 수 있었을 것이다.

분필 한 조각을 들고 떨리는 다리로 칠판 앞에 서 있는 동안, 린트만 선생님은 한 단어 한 단어를 불러 주고 있었다. 코니가 아는 단어는 하나도 없었다. 어떻게 알 수 있겠어? 코니의 축축한 손 안에서 분필은 천천히 부스러지기 시작했다. 코니의 심장이 미친 듯이 벌렁거렸다. 머릿속에 커다랗고 검은 구멍이 생긴 듯했다. 자기 앞에 서 있는 칠판처럼 커다랗고 검은 구멍이……

왜 하필 오늘 학교에 나왔을까? 집에서 편안하게 뒹굴 수도 있었는데. 내가 완전히 미쳤나 봐.

"칠판에서 비켜서 봐."

린트만 선생님의 명령이 떨어졌다. 코니는 칠판에서 비켜서느니 차라리 1000미터 높이의 다이빙대에서 뛰어내리거나 로켓을 타고 화성으로 날아갔으면 싶었다. 하지만 어쩌겠는가?

코니가 옆으로 비켜서자, 교실 안이 갑자기 썰렁해졌다. 안나와 빌리는 깜짝 놀라 코니를 쳐다보았다. 린트만 선생님조차 한 순간 할 말을 잊은 듯했다.

그러고 나서 린트만 선생님은 빨간 수첩을 꺼냈다.

"음, 코니, 이건 영락없는 빵점이구나. 너도 분명히 알겠지?"

놀랍게도 린트만 선생님은 아주 조용히 말했다.

"빵점이라구?"

코니의 눈에서 눈물이 쏟아졌다. 린트만 선생님은 한숨을 내쉬었다.

"좋아, 일단 연필로 써 놓을게. 이번이 정말로 한 번의 실수였다면 나중에 지울 수 있을 거야."

코니는 눈물을 멈추려고 애를 썼다. 반 친구들 앞에서 큰 소리로 울부짖고 싶었다.

"하지만 다음에도 수업에 빠지게 되면 친구들한테 우리가 그전 시간에 무엇을 공부했는지 꼭 물어보도록 해라. 그리고 학교 숙제가 무엇인지도."

린트만 선생님이 신신당부를 했다.

코니는 비틀거리며 제자리로 돌아왔다. 아직도 믿을 수가 없었다. 빵점이라니! 생전 처음으로 받아 보는 점수였다. 코니는 그저 죽고만 싶었다. 그것도 지금 당장!

코니는 자전거를 타고 달렸다. 남은 수업 시간을 어떻게 보냈는지 전혀 기억이 나지 않았다. 마취가 된 듯이 자리에 앉아 있다가 집에 갈 시간만 기다렸다. 다행히도 어떤 선생님도 코니에게 말을 시키지 않았다.

안나와 빌리마저도 코니가 원하는 게 한 가지밖에 없다는 것을 깨달았다. 그저 내버려 두는 것! 걔들 또한 잔인하기 짝이 없는 빵점 사태에 대해 이야기할 마음은 없었기 때문이다. 아무하고도!

갑자기 코니는 페달을 멈추었다. 엄마하고 아빠한테는 뭐라고 하지? 코니는 자전거 속도를 줄여서 자전거 도로 한가운데 멈춰 섰다.

"제 정신이야?"

자전거를 탄 사람 하나가 코니 옆을 스쳐 지나가면서 화가 잔뜩 난 듯 벨을 울려 댔다. 그러나 코니는 머릿속에서 완전히 엉뚱한 생각을 하고 있었다. 코니는 엄마와 아빠에게 물론 빵점을 받았다는 것을 말해야만 했다. 아니, 어쩜 말 안 할 수도 있을까?

코니는 슬로모션으로 자전거를 몰아 작은 공원으로 꺾어 들어간 다음, 연못가에 멈추어 섰다. 수양버들의 긴 나뭇가지 아래는 숨기에 딱 좋은 곳이었다. 집에 가기 전에 이곳에서 조용히 생각을 가다듬을 수 있었다.

엄마와 아빠에게 아무 말도 하지 않으면 어떻게 될까? 아무 말도 하지 않는 것이 거짓말하는 것은 절대 아니잖아? 코니는 침을 꼴깍 삼켰다. 어딘가 좋지 않은 느낌이 들었다. 그러나 빵점을 받았다고 고백하는 것 또한 마찬가지로 고통스러운 일이었다. 정말 고통스러운 일이었다.

어떻게 해야 하지? 가장 나쁜 경우는 자기가 말하지 않았는데 엄마와 아빠가 나중에 누군가 다른 사람에게 들었을 때이다. 코니는 곰곰생각해 보았다. 그러나 누가 그런 이야기를 부모님한테 한단 말인가?

물론 린트만 선생님이다! 부모님에게 집으로 전화를 안 할 이유가 없다. 린트만 선생님이라면 그러고도 남을 사람이다. 코니는 충분히 상상할 수 있었다.

"클라비터 부인, 따님에 대해서 이야기를 좀 하고 싶어서요. 코니가 이미 말씀드렸을 것 같은데요, 오늘 코니가 빵점을 받았답니다. 뭐라고요? 말하지 않았다고요?"

배 속이 쭈그러드는 것 같았다. 그러자 첫째 시간에 린트만 선생님이 말씀하신 것이 생각이 났다.

"여러분 가운데 이제 김나지움에 왔기 때문에 됐다고 생각하는 사람들은 잘못 생각하는 거예요. 여러분이 김나지움에 올 만큼 충분히 실력을 갖추었는지는 여러분이 지금부터 보여 주어야 할 거예요."

코니는 몹시 어지러웠다. 빵점 한 번 받았다고 해서 학교에서 쫓겨나는 것은 물론 아니었다. 하지만 린트만 선생님이 이제 자기를 계속해서 감시라도 하면 어찌할 것인가? 그리고 자기에게 계속해서 나쁜 점수만 주면? 그렇다면 이건 보통 일이 아니었다. 게다가 여러 과목을 그 선생님에게 들어야 하는데……

코니는 머리를 흔들었다. 코니는 수의사가 되고 싶었다. 그러려면 점수가 좋아야 했다!

코니는 사람의 미래를 볼 수 있다는 수정 구슬을 바라보듯이 연못 속을 물끄러미 바라보았다. 갑자기 몇 년 더 나이 든, 전철역 화장실 변기 사이를 무릎을 꿇고 미끄러져 다니며 바닥을 박박 문지르고 있는 자기 모습이 보였다. 머리카락은 얼굴 위로 몇 가닥 떨어져 내린 채 조그마한 칫솔로 바닥을 닦고 문지르고 비비고 있었다. 그러나 타일 바닥은 좀처럼 깨끗해지지 않았다! 높은 구두를 신고 작은 손수건을 든 야네테가 거드름을 피우며 안으로 들어왔다. 코니를 보자 큰소리로 깔깔 웃으며 기쁨의 춤을 추었다. 마치 룸펠슈틸츠헨 같았다.

코니는 기겁을 하면서 벌떡 일어섰다. 연못에 비쳤던 그림자는 흐린 물 속으로 사라졌다. 코니는 고개를 저었다. 야네테, 이 사악한 뱀! 애당초 이것은 모두 야네테의 잘못이었다. 그런 거지 같은 이야기를 하지만 않았어도 코니는 오늘 학교에 나가지 않았을 것이었다. 그럼 단어 시험을 볼 필요도 없었고 빵점을 받을 이유는 더더욱 없었던 것이다. 이런 망할!

이제 어떡하지? 무조건 자기가 열등생이 아니라는 것을 증명해야만 했다. 머리에서 김이 날 때까지 미친 듯이 공부해야 하는 한이 있어도! 코니는 결심이 선 듯 자전거에 올랐다. 물론 자기는 수의사가 될 것이다. 됐어, 이제 그만!

집 대문 앞에서 코니는 잠시 머뭇거렸다. 엄마와 아빠에게 거짓말을 하는 것은 아무 소용이 없었다. 바로 말해 버리는 게 낫다. 코니는 숨을 깊이 들이마신 뒤, 대문을 열었다. 부모님은 야콥과 함께 벌써 식탁에 앉아 있었다.

"코니, 왔니?"

마루 건너 엄마 목소리가 들렸다.

"예."

자기도 모르게 목소리가 갈라졌다. 굳게 먹었던 마음이 갑자기 어디론가 사라져 버렸다.

"근데 오늘은 늦었구나. 접시 들고 빨리 오너라. 부엌에 있으니까."

엄마가 소리를 질렀다.

코니는 부엌으로 쑥 들어가서 음식을 담았다. 금세라도 눈물이 떨어질 듯 눈에 고여 들고 있었다. 식탁 앞으로 오자 엄마가 당장에 자리에서 일어났다.

"무슨 일이니? 왜 그래?"

"코니!"

아빠는 포크를 떨어뜨릴 뻔했다. 아빠와 야콥은 입을 벌리고 코니를 빤히 쳐다보았다.

"드릴 말씀이 있어요."

코니가 우물거리며 말했다.

"그래, 무슨 일이야?"

엄마가 다독거리듯 말했다.

엄마는 어느 새 코니 옆으로 다가와서는 코니를 품에 꼭 안아 주었다. 코니는 좀 심하다 싶었다. 코니는 펑펑 울기 시작했다. 스프링클러를 두 개 동시에 켜 놓은 것 같았다.

"저는……, 전……."

코니는 훌쩍거리며 말을 하려고 했으나 말을 잇지 못했다. 눈물이 마를 때까지 우는 동안 마치 물에 빠진 사람처럼 숨을 들이쉴 뿐이었다. 코니는 훌쩍이고 또 훌쩍였다.

"빵점을 받았어요."

마침내 코니가 털어놓았다.

"빵점? 어디서 빵점을 맞았단 말이니? 너희들은 아직 시험도 보지 않았잖아?"

엄마가 어리둥절해서 물어보았다. 코니는 코를 훌쩍거렸다.

"단어 시험에서요."

"단어 시험에서 빵점을 맞았다고?"

아빠가 혀를 찼다.

"그렇게 큰일은 아니로구나."

엄마도 가볍게 웃었다.

"그게 다니?"

"린트만 선생님이 저를 칠판 앞에 불러 세웠다고요. 내가 오늘 몹시 아팠는데도요."

"뭐, 다음번에는 더 열심히 단어 공부를 하면 되겠구나. 그럼 금세 다 만회가 되는 거지."

아빠가 말했다.

엄마는 다시 한번 코니를 안아 주었다. 코니는 한숨을 쉬었다.

"이제 밥을 먹도록 하자. 그러면 기분이 더 나아질 거야."

아빠가 말했다. 아빠는 코니의 접시를 들었다.

"전자레인지에 한 번 더 데워야겠다. 벌써 차가워져 버렸어."

코니는 뭐라고 할 말이 없었다. 모든 것이 이것으로 끝난 건가? 야콥은 이 한 편의 드라마에 폭 빠져서 멍하니 보고 있었다. 다만 야콥은 요점을 잘 파악할 수가 없었다.

"빵점을 맞은 것이 나쁜 일이야, 아니야?"

야콥이 심각한 얼굴로 물었다.

엄마는 잠깐 동안 생각에 잠겼다.

"단어 시험에서는 그리 나쁜 일이 아니야. 적어도 늘 빵점만 맞지 않는다면 말이지."

엄마가 코니를 슬쩍 바라보며 말했다. 부모님에 관한 한 이것으로 해결되었다.

코니는 혼자 밥을 먹었다. 아빠는 바쁘게 다시 사무실로 돌아가야 했다. 엄마는 부엌에서 뭔가를 했고 야콥은 레고를 갖고 놀고 있었다. 코니는 멍하니 밥을 한 숟가락 한 숟가락 입에 넣었다. 단어 시험에서 빵점을 맞은 것이 그리 나쁜 일이 아니라고? 한편으로 코니는 물론 마음이 가벼워졌다. 그러나 다른 한편으로는……. 엄마와 아빠는 그렇게 말할 수 있다. 엄마와 아빠는 내일 학교에 가지 않아도 되고 야네테의 비웃음을 견디지 않아도 되었다. 코니를 바보 취급하면서 바라보던 다른 아이들의 눈빛도.

코니는 부엌으로 접시를 치우고 조용히 자기 방으로 들어갔다.

이제 무얼 하지? 숙제? 코니는 수학 숙제를 하려고 힘없이 책상 앞에 앉았다. 그리고 교과서에 책가위를 씌워야 했다. 코니는 그러고 싶은 마음이 눈곱만큼도 일지 않았다. 그러나 코니가 아는 한 린트만 선생님은 분명히 내일 책상들 사이를 돌아다니면서 모든 교과서를 검사할 것이다.

코니는 엄마가 찬장 위에 놓아 둔 포장지 상자를 뒤적거렸다. 그리 많지는 않았다. 독일어 책과 생물책은 번쩍이는 빨간색 종이로 쌌다. 야콥의 생일날에 썼던, 경주용 자동차가 인쇄된 종이는 수학책을 싸기에 딱 알맞았다. 그러고 나자 상자가 비어 버렸다. 하필이면 영어책을 쌀 종이가 없었다. 지금이라도 종이를 사러 나가야 할까? 코니는 곰곰 생각해 보았다. 린트만 선생님이 신문지도 괜찮다고 하지 않았나? 코니는 폐지함에서 신문지 한 묶음을 끄집어냈다. 어쨌든 좋은 종이로 영어책을 싸고 싶지는 않았다. 코니는 신문을 이곳저곳 들추어 보았다. 여왕의 사진이 있다거나, 그런 어울리는 면을 찾을 수도 있을 것 같았다.

그런데 이게 웬일이야? 그보다 훨씬 더 좋은 것이 있었다! 코니는 씩 하고 웃었다. 딱 어울리는 면을 찾은 것이다. 코니는 조심스럽게 영어책을 싼 다음 만족스런 얼굴로 빨간 책가방에 책을 집어넣었다. 린트만 선생님은 아마 정신을 잃을지도 모른다!

한밤중에 코니는 다시 한 번 잠에서 깼다. 다른 종이로 영어책을 싸야 하지 않을까? 아니야. 린트만 선생님도 코니가 린트만 선생님의 영어 수업 시간을 어떻게 생각하고 있는지 분명히 알아야 했다.

＊ ＊ ＊

"이것 봐. 나는 아주 예쁜 종이를 사서 책가위를 씌웠어."

안나가 학교에서 코니에게 인사를 했다. 코니는 눈을 크게 뜨고, 마치 충성스런 개처럼 책들을 바라보았다.

"니키처럼 예쁘지?"

안나가 꿈을 꾸듯 말했다.

"예쁘긴 한데 그 정도는 아닌걸."

코니가 중얼거렸다.

안나의 표정이 밝아졌다. 안나의 강아지는 물론 경쟁 상대가 없었다.

"네 책도 보여 줘 봐, 빌리!"

안나가 말했다.

"엄마가 다 만들어진 책가위를 사 주었어."

빌리가 털어놓았다. 빌리의 책들은 모두 투명한 비닐 종이에 싸여 있었다.

"자, 코니, 너도 보여 줘 봐."

"전부 그냥 빨간색이네. 이것도 나쁘지 않다."

안나의 의견이다.

코니는 신문지를 조금 숨기기 위해서 맨 위에는 빨간 책가위로 싼 책들을 올려놓은 것이었다. 그런데 당연하게도 빌리는 그 가운데 한 권을 쑥 뽑았다.

"너, 정말로 신문지로 쌌니?"

빌리는 그렇게 묻고는 갑자기 말을 멈추었다. 그러고는 "코니!" 하고는 깜짝 놀라서 소리를 질렀다.

"야, 이것 정말 멋진데!"

뒷줄에서 갑자기 와글거리는 소리가 났다. 그러자 어느 새 마르크가 코니의 책을 낚아챘다.

"부고란이라! 우리 다 같이 우리의 린트만 선생님 책을 이 종이로 쌀까?"

빌리가 고개를 저었다.

"그렇게 린트만 선생님이 나쁜 것은 아니잖아."

"뭐라고?"

코니가 소리쳤다. 자기가 제대로 들은 것인가?

"린트만 선생님한테서는 뭔가 배울 수는 있지."

빌리가 말했다. 코니는 정말 믿을 수가 없었다.

"너는 그 선생님이 나쁘지 않다는 거야? 무엇보다 내게 한 짓을 생각해 보라고. 비열한 단어 시험 말이야."

"내 생각에는 린트만 선생님이 우리가 아픈 다음에는 모두 열심히 공부해서 따라잡아야 한다는 것을 분명히 말해 두려고 한 거야. 너는 그저 운이 없었을 뿐이고. 네가 처음으로 아팠기 때문에 말이야."

빌리가 조용히 자기 생각을 말했다.

코니는 숨을 훅 하고 들이마셨다.

"운이 나빴다고? 운이 나빠서가 아니야! 그건 야비하고 더럽고 말도 안 되는 짓이었다고. 이런 벌레 같은 선생님을 너는 두둔하는 거니? 정말 좋은 친구로구나!"

코니가 쉿소리를 냈다. 더는 코니가 말을 잇지 못했다. 린트만 선생님이 교실에 들어온 것이었다. 코니는 의자를 홱 잡아채고는 될 수 있으면 빌리로부터 멀리 떨어져 앉았다. 그러고 나서 코니는 재빨리 영어책을 밀어 놓아 책가위 위에 있는 부고란이 곧바로 린트만 선생님의 눈에 띌 수 있도록 해 놓았다. 아마도 난리가 나겠지! 그러나 린트만 선생님은 코니 뜻대로 움직여 주지 않았다. 코니의 책에 있는 까만 테두리를 한 십자가가 선생님의 눈에는 띄지 않는 모양이었다.

선생님은 평소와는 다르게 아주 부드러운 목소리로 반 아이들에게 인사를 했다.

"아주 깜짝 놀랄 만한 소식이 있단다!"

선생님은 이렇게 말하고는 작고 뾰족한 이를 드러내며 씩 웃었다.

"우리가 서로를 더 잘 알 수 있도록 수학여행을 가기로 했단다. 바로 며칠 뒤에 말이야."

모두들 소리를 질러 댔다. 코니만은 그러지 못했다. 토할 것만 같았다. 수학여행? 반 아이들과 함께? 코니는 어찌 됐든 여기 누군가를 더 잘 알고 싶은 생각은 털끝만큼도 없었다.

"우리는 쥘트(휴양지로 유명한 섬)로 갈 거야."

린트만 선생님이 의미심장하게 이야기를 계속했다.

"쥘트! 최고다! 나는 이미 한 번 거기 가 봤지."

야네테가 소리를 질렀다.

"북해 바닷가에서 일주일 내내 지내는 거야."

린트만 선생님은 아랑곳없이 계속해서 이야기를 했다.

"어떨 거 같니? 그곳에서 무엇을 하게 될까?"

"바다로 배를 타고 나가지요!"

빌리가 흥분한 나머지 팔꿈치로 코니의 옆구리를 쿡 찔렀다. 코니가 빌리를 노려보았다. 린트만 선생님을 그렇게 좋게 생각한다면 당연한 일이겠지!

그런데 안나마저 코니의 뒤통수를 때렸다.

"일주일 동안 학교를 빠지고 노는 거야!"

안나는 신이 나서 코니의 귀에 대고 속삭인 다음 활짝 웃었다.

너는 그저 학교 생각밖에 없구나. 코니는 우울했다. 이 공포의 학교에서는 한 시간 한 시간이 코니로서는 견디기 힘들었다. 그런데 일주일 내내 밤이나 낮이나 애들이랑 어울려야 한다니! 생각하기도 싫었다!

영어 수업을 하는 대신, 린트만 선생님은 바다새, 밀물과 썰물, 침식과 해일 등에 대해 이야기했다. 수학여행 가기 전과 수학여행 기간 동안 이 주제들에 대해 다들 발표해야 한다고 했다.

"왜냐하면 수학여행은 방학이 아니기 때문이다. 휴가 여행이 아니고 수업의 연장이니까."

린트만 선생님이 다시 한번 강조했다. 코니는 도대체 무슨 말인지 알 수가 없었다. 머릿속에서는 수학여행이라는 낱말만 망치질을 했다. 린트만 선생님과 함께? 이보다 나쁜 일은 세상에 다시는 없을 것이다. 이런 것에 비하면 빵점을 맞는 것은 아무것도 아니었다.

도대체 어떻게 하면 수학여행에서 빠질 수 있을까? 코니는 신경질적으로 자기 방 안을 왔다 갔다 했다. 이건 간단한 문제가 아니었다. 이것은 제도에 관한 문제였다.

코니는 결심한 듯 머리띠를 제대로 묶은 다음, 종이와 연필을 꺼낸 뒤 침대에 몸을 던졌다. 코니는 리스트 하나를 작성했다. 문제를 해결하는 가장 좋은 방법, 바로 모든 생각을 종이 위에 적어 보는 것이다. 모든 것, 깊이 생각하지 말고. 깊이 생각하는 것은 나중에 해도 된다. 가장 좋은 방법이 나올 때까지 포인트 하나하나를 검토해 보는 것이다.

그럼 시작! 코니는 숨을 깊이 들이 마신 다음, 적어 내려가기 시작했다.

수학여행에서 빠지는 방법
- 호주로 이민을 간다.
- 일주일 동안 하수구로 잠수한다.
- 치료할 수 없는 수학여행 알레르기가 있다고 핑계를 댄다.
- 버스를 놓친다.
- 병에 걸린다.

아무리 생각해도 더 좋은 생각은 떠오르지 않았다. 코니는 하나하나 면밀히 검토해 보았다.

– 호주로 이민을 간다 : 비행기 삯이 조금 너무 비싸지 않을까? 게다가 멍청한 수학여행 때문에 엄마, 아빠, 야콥과 그리고 고양이 마우와 영원히 생이별을 한다? 오, 그건 안 돼!

– 일주일 동안 하수구로 잠수한다 : 냄새가 너무 지독하겠는걸!

– 치료할 수 없는 수학여행 알레르기가 있다고 핑계를 댄다 : 이건 나쁘지 않아. 그러나 의사가 엄마를 찾아오기라도 한다면 이런 핑계는 포기해야 한다. 그것이 병이든 알레르기든, 뭔가를 속인다는 것은 불가능하다.

– 버스를 놓친다 : 반 아이들을 기차역으로 실어다 줄 버스를 놓치면 당연히 기차도 놓칠 것이다. 그러면 코니는 집에 있어야 한다! 정말 천재적인 계획이다. 그러나 엄마와 아빠가, 코니가 제 시간에 버스를 탈 수 있도록 온갖 노력을 다하지 않을까? 급하면 씻지도 못하고 잠옷 차림으로……. 그리고 코니가 설령 기차를 놓치더라도 엄마와 아빠는 코니를 무조건 다음 기차에 앉히거나 몸소 코니를 쉘트까지 차로 데려다 주지 않을까? 두 분은 어쨌든 코니가 반드시 수학여행을 가기를 바라실 테니까. 그렇다면 남은 건 한 가지.

– 병에 걸리는 것 : 코니는 곰곰이 생각해 보았다. 진짜로 아파야 한다. 꾀병을 부려서는 안 된다. 그것도 정확한 시점에 아파야 한다. 여행을 떠나기 전에 병이 나아 버리면 절대로 안 된다. 가장 좋기로는 떠나기 며칠 전에 병이 드는 것이다.

코니는 몸을 굴려 침대에서 일어났다. 간단한 계획은 아니다. 하지만 이 지옥 같은 수학여행에서 벗어나기 위한 마지막 기회이다. 코니는 이를 꼭 물었다. 어떻게든 성공해야 한다. 약간의 도움만 받으면 된다.

✳ ✳ ✳

수학여행까지의 날짜는 번개처럼 지나갔다. 카운트다운은 이미 오래전에 시작되었다. 출발 일까지 앞으로 닷새. 이제 심각한 순간이다.

다시 린트만 선생님의 수영 시간이었다. 그런데 이건 무슨 저주에 빠진 듯했다. 코니가 아픈 이후로 아이들은 더 이상 다이빙을 하지 않았다. 매번 코니는 3미터 보드에서 다이빙하는 것쯤은 자기에게 아무것도 아니라는 것을 야네테에게 증명하고 싶었다. 그러나 린트만 선생님은 밤새 다이빙대가 없어져 버리기라도 한 것처럼 행동했다. 아이들은 잠수를 하고, 구조 훈련을 하고, 배영과 평영을 연습했다. 그런데 다이빙은? 하지 않았다. 린트만 선생님과 야네테가 동맹을 맺은 듯했다. 수학여행을 가지 않아야 할 이유가 한 가지 더 생긴 것이다.

코니의 첫 번째 시도가 다음과 같이 시작되었다. 수영 수업이 끝난 뒤, 코니는 특히 더 찬물로 샤워를 한 다음, 완전 젖은 머리를 한 채, 자전거를 타고 집으로 갔다. 제대로 감기에 걸리기 위한 최선의 방법이었다. 그러나 여름에는 꼭 그렇다고는 할 수 없었다. 27도의 더위와 햇빛 아래에서 코니의 머리는 금세 말라 버렸다. 감기에 걸리는 것은 기대도 할 수 없었다.

이제 두 번째 계획이 남았다. 어디가서든 병을 옮아오는 것이다. 그것은 코니에게는 아무 문제도 아니었다. 그러려면 소아과 병원보다 더 좋은 곳이 어디 있단 말인가?

"오늘은 5교시밖에 없어요. 끝나고 내가 엄마를 모시러 병원으로 갈게요."

화요일에 코니가 엄마에게 말했다.

"그거 좋지. 영광인데?"

엄마가 웃으며 말했다. 코니는 아무렇지도 않은 얼굴로 어깨를 으쓱했다.

"딸이라면 누구나 그런 거 아닌가?"

코니가 예쁜 척을 했다. 그런데 1시가 되기 조금 전에 엄마에게 가 보니 대기실이 거의 비어 있었다.

간호사 로제 부인이 입구에서 코니에게 아는 체를 하며 즐겁게 말했다.

"안녕, 코니? 두 명만 더 예방 주사를 맞으면 돼. 엄마, 금방 끝나실 거야."

코니는 의자에 앉았다. 예방 주사는 건강한 아이들이 맞는 것이다. 그럼 여기에서 어떻게 병을 옮는담? 세상에 어쩜 이럴 수가 있단 말인가? 사람들이 모두 코니를 못살게 굴기로 작정을 했나?

앞으로 사흘밖에 남지 않았다. 내일은 늦게까지 수업이 있다. 그렇다면 엄마를 만나러 병원에 올 수 있는 날은 목요일밖에 없다. 그러면 금요일에는 병에 걸리고 토요일에는 수학여행에 갈 필요가 없어진다. 완벽한 타이밍이다!

목요일, 코니는 학교에서 다른 생각은 전혀 하지 않았다. 이번에는 무슨 일이 있어도 성공해야 한다.

"안녕, 코니?"

로제 부인이 카운터 뒤에서 인사를 했다.

"오늘은 좀 기다려야겠다. 백일해 환자가 왔었거든."

"아직도 있어요?"

코니는 가슴이 설레는 것을 느꼈다. 백일해라면 최고다. 코니에게 딱 필요한 것이었다. 드디어 병균을 얻어 가는 거야!

"누구 말이야?"

"백일해 걸린 아이 말이에요."

코니가 조급하게 물었다.

"아, 걔?"

로제 부인이 환자 카드를 들춰 보았다.

"아니. 갔네."

"뭘 가지고 놀았대요?"

코니가 궁금해서 물었다. 급하면 쌓기 블록이라도 하나하나 혀로 핥을 작정이었다.

"노이만 박사님이 아무도 전염되지 않도록 얼른 그리로 가셨어. 그러고는 환자를 데려오셨단다. 여기 대기실에 아직 아이가 둘이나 있어. 시간이 좀 걸린다는 것은 너도 알고 있지?"

그럼 이곳에 백일해 환자가 왔었다, 이거지? 그렇다면 됐어. 코니는 대기실로 뛰어 들어갔다. 코니는 미소를 지으며 두 아이를 바라보았다. 기관지염에 걸렸으면 더 좋았을걸. 그 병도 나으려면 오래 걸릴 텐데.

아이들은 엄마 무릎 위에서 이리저리 버둥거리고 있었다. 안쪽에서 다른 아이 하나가 소리를 지르기 시작하자, 두 아이도 따라서 울기 시작했다. 코니도 덩달아 울고 싶었다. 그만큼 기분이 안 좋았다. 하지만 코니는 정신을 바짝 차렸다.

마침내 마지막 아이의 차례가 되었다. 엄마 일은 곧 끝날 것이었다. 코니는 지루한 듯 그림책을 넘겨보았다. 그때 병원 문이 열리더니, 잔뜩 흥분한 엄마 한 사람이 얼굴이 새하얗게 질린 아들을 데리고 대기실로 들어왔다.

"우리는 예약을 못 했어요. 하지만 응급 사태예요."

아이 엄마가 소리를 질렀다. 아마도 여름 감기인 듯했다. 편도선염이건, 성홍열이건, 벼룩에 물렸건, 옴이 올랐건, 코니에게는 아무런 상관이 없었다. 중요한 것은 그것이 전염되는 병이라야 했다.

남자 아이가 대기실에 들어오자마자, 코니는 그 아이에게 달려가서 어깨를 껴안았다. 입을 맞추는 것이 더 좋긴 하겠지만 간신히 참았다.

"어디가 아프니?"

가능한 한 동정심을 잔뜩 보이면서 물었다.

남자 아이는 깜짝 놀라 한 걸음 뒤로 물러났다.

"운동하다 손가락을 삐었어요."

아이는 중얼거리며 모퉁이 쪽으로 가 버렸다.

손가락을 삐었다고? 여기는 아무도 제대로 아픈 사람이 없단 말이야?

이제 더는 구원의 길이 보이지 않았다. 토요일을 생각하자 코니는 갑자기 속이 안 좋아졌다. 젠장! 젠장! 젠장!

✳ ✳ ✳

토요일! 알람을 몰래 끄고, 느린 동작으로 머리를 감고, 고양이 마우에게 먹이를 주고, 야콥과 말다툼하고, 제일 좋아하는 티셔츠를 숨기고, 너덜거리는 구두끈은 아예 끊어 버리고, 코니는 될 수 있는 한 능장을 부렸다. 하지만 충분치 못한 것 같았다.

엄마는 세상없어도 코니가 제 시간에 버스를 타야 한다고 믿는 듯했다. 그리고 물론 엄마의 승리다. 엄마는 젖은 머리에, 끈도 묶지 않은 신발에, 꼴사나운 티셔츠를 입은 자기 딸을 자동차에 밀어 넣고 학교로 데려갔다. 코니가 오고 나서야 아이들을 기차역으로 실어 나를 버스가 학교에 도착했다. 심지어 사진도 한 장 찍을 시간이 있었다. 처절한 패배였다. 6:0으로 엄마 클라비터 승리. 브라보!

그 다음부터는 모든 것이 막힘없이 진행되었다. 10시 반에는 모두 기차역에 도착했다. 조금 뒤 기차에서 코니는 안나와 빌리 사이에 자리를 잡고 앉아 있었다. 2인용 긴 의자에 쐐기처럼 끼어 앉았는데, 탁자 하나에 넷이 앉을 수 있는 곳은 이미 차 있었기 때문이다. 물론,

그 자리를 차지한 건 야네테와 멍청한 두 금발이었다.

"괜찮아. 별로 안 불편한데."

안나가 만족스럽다는 듯이 말했다.

"너는 틈에 끼어 앉아 있는 게 아니니까. 이따 자리 바꾸도록 해. 적어도 20분 지나면."

코니가 투덜거렸다.

"린트만 선생님이 우리를 아쿠아리움에 데려다 주겠다고 약속했어. 정말 멋질 거야. 상어도 있고."

빌리가 잔뜩 기대에 부풀어 말했다.

"정말?"

원래 말과 개에게만 흥미가 있는 안나가 물었다.

"정말 신나겠다!"

코니는 휘 하고 눈동자를 굴렸다. 안나가 팔로 코니의 옆구리를 찔렀다.

"도대체 너 무슨 일이니? 전에는 수학여행 가는 거 몹시 좋아했잖아."

"전에는 그랬지. 라이지히 선생님이랑은……."

코니가 우울하게 말했다.

빌리의 눈이 빛났다.

"너희들, 종유 동굴 생각나니? 그때가 지금껏 가장 큰 모험이었는데. 이번에 바다에 가면 무슨 일이 있을까?"

"그렇게 흥미진진하지는 않을 거야."

안나가 기지개를 켜며 말했다. 다시 한번 어두컴컴한 동굴 속을 헤

매는 짓은 전혀 하고 싶지 않았다. 그 생각만 하면 지금도 닭살이 돋
곤 했다.

"뭐 먹을 거 없니?"

안나는 화제를 바꾸고 싶어서 얼른 물었다.

"토마토빵, 오이, 사과……."

빌리가 열거하기 시작했다.

"군것질거리 말이야."

안나는 배낭에서 커다란 초콜릿 한 판을 꺼냈다.

"너희들도 좀 먹을래?"

"그것을 질문이라고 하는 거니?"

코니가 씩 웃었다.

"이리 좀 줘 봐! 오늘 처음으로 위안이 되는구나."

안나는 초콜릿을 둘에게 한 조각씩 나누어 주었다. 그러고 나서 바
로 다시 한 조각.

"엄마 말이 이것이면 일주일 동안 충분할 거랬는데."

안나가 웃으며 말했다. 그러고는 세 사람 모두 동시에 폭소를 터뜨
렸다. 코니는 초콜릿이 묻은 손을 바지에 닦았다.

"린트만 선생님 옆자리에 앉은 사람이 누구니?"

코니가 물었다.

"새로 오신 선생님이야. 린트만 선생님이 누군가 데려오겠다고 말
했잖아."

안나가 대답했다.

"이름이 슈테른인데, 정말 친절해."

빌리가 흐뭇해했다.

"너는 그런 걸 어떻게 알았니?"

코니가 조금 놀라면서 물었다.

"학교에 일찍 왔는데 우연히 만났어. 그래서 이야기를 조금 했지. 슈테른 선생님은 우리 학교가 첫 직장이래. 미술하고 화학을 가르친 대."

"이상한 조합이네."

코니가 웃었다. 코니는 뭔가를 생각하는 표정으로 머리띠를 고정했다.

"그렇게 친절하다면 누군가는 고통스럽겠군."

"왜?"

빌리가 물었다.

"저런 용이랑 함께 수학여행을 가야 하니까 말이지."

"우리한테는 더 잘됐지, 뭐."

안나의 의견이다. 빌리는 아직 배가 고팠다.

"나는 젤리를 가져왔어."

빌리는 그렇게 말하고는 체크 무늬 가방에서 과자 봉지를 꺼내기 위해 벌떡 일어섰다. 가방은 객실 앞쪽 짐칸에 실려 있었다. 탁자 옆을 지나는데, 야네테가 빌리의 소매를 잡아당겼다.

"야, 땅꼬마, 말해 봐. 너는 원래 바지가 하나밖에 없는 거니, 아니면 똑같은 바지가 집에 세 벌이나 있는 거니?"

자스키아와 아리아네가 킥킥거렸다. 빌리는 거의 매일 오렌지색과 검은색이 섞인 호랑이 무늬 바지만 입고 다녔다. 빌리가 가장 좋아하는 바지였다.

"쯧, 뭐."

빌리의 대답은 전혀 기대하지도 않던 야네테가 말했다.

"중요한 것은 네가 차표를 가지고 있어야 한다는 거지만."

"차표? 왜?"

빌리가 화들짝 놀랐다.

"저쪽에 벌써 차장이 오고 있잖아. 차표가 없으면 가만두지 않을 텐데."

빌리는 말문이 막혔다.

"너희들은 차표 있니?"

"물론이지."

야네테가 말했다. 그러자 다른 친구들이 야비하게 웃었다.

"너는 없니?"

"없어."

빌리가 머뭇거리며 말했다.

"차표 없이 몰래 탄 사람은 다음 정거장에서 내려야 해."

야네테가 말했다.

"아니면 벌금을 내지."

자스키아가 거들었다.

"적어도 200유로는 될 거야. 그 정도 돈은 있기를 바랄게."

빌리는 두 눈을 찡그렸다.

"헛소리하지 마."

"누가 헛소리를 한다고 그래?"

야네테의 목소리가 굉장히 차갑게 들렸다.

"너는 지금껏 기차도 한 번 안 타 봤니?"

아리아네가 물었다.

"당연히 타 봤지."

빌리가 꽥 소리를 질렀다. 빌리는 그냥 가 버리려 했다. 그러나 야네테가 그냥 놓아 주지를 않았다.

"언제부터 차표도 없이 기차를 탈 수 있었지?"

야네테가 물었다.

"이거 놓아! 안 그러면……."

빌리가 씩씩거렸다.

"오예, 호랑이가 화났네?"

야네테가 떠들어 대며 두 팔을 허공에 대고 마구 흔들었다.

"사람 살려! 난쟁이 호랑이예요!"

자스키아와 아리아네도 쥇소리를 내며 소리를 지르기 시작했다. 웃다가 바지에 오줌이라도 싸라! 빌리는 재빨리 제자리로 돌아왔다.

"너희들 차표 가지고 있니?"

빌리가 숨도 쉬지 않고 코니와 안나에게 물었다.

"아니."

코니가 하품을 하며 말했다. 안나도 고개를 저었다. 빌리는 두 사람을 바라보았다. 두 친구는 전혀 불안해 보이지 않았다.

"우리 차표가 있어야 하는 거 아니야, 안 그래?"

빌리가 흥분해서 물었다.

코니는 이해가 안 간다는 듯한 얼굴로 빌리를 빤히 쳐다보았다.

"린트만 선생님이 단체 차표 가지고 있지 않아?"

맞아! 빌리는 제 눈으로 린트만 선생님이 차표를 지갑에 넣는 것을 보았다.

"이런 돼지 같은 계집애들!"

빌리는 화가 잔뜩 나서 소리를 질렀다. 그러고 나서 빌리는 안나와 코니에게 아까 있었던 이야기를 들려주었다.

"좋아, 젤리 가지러 같이 가자."

코니가 딱 부러지게 말했다. 그러고는 야네테의 탁자 옆에 멈추어 섰다.

"네 차표 좀 보여 줘!"

"차표?"

야네테가 손가락으로 이마를 툭툭 쳤다.

"네가 여기 차장이야, 뭐야?"

"아니, 그래도 네 차표는 꼭 보고 싶은걸."

"네 차표는 없니?"

아리아네가 거만하게 말했다.

"물론 있겠지. 종착역 정신 병원행."

자스키아가 끼어들었다.

세 사람은 푸하하 하고 웃음을 터뜨렸다.

"정말 웃긴다!"

코니는 빌리를 짐칸 쪽으로 밀었다.

"어떻게 그렇게 멍청할 수가 있니? 그것만 해도 괴롭다."

＊ ＊ ＊

"앞으로 30분만 가면 돼. 천천히 짐들 챙기렴."

린트만 선생님이 객실을 돌아다니며 학생 숫자를 점검했다. 슈테른 선생님이 그 옆에 있었다. 린트만 선생님이 당황해서 멈추어 섰다.

"누군가 빠졌는데."

슈테른 선생님과 린트만 선생님은 다시 한번 학생들을 세어 보았다. 그러나 여전히 한 사람이 부족했다.

"한 사람이 부족해."

린트만 선생님이 말하자 기차를 타고 있던 학생들이 모두 이 사실을 알게 되었다.

"누가 없는 거지?"

모두들 주위를 둘러보았다.

"없는 사람 없는데요."

야네테가 킥킥댔다.

"그럼 다시 한번 앞에서부터 찾아보자!"

린트만 선생님은 가방에서 명단을 꺼낸 다음, 다시 통로를 걸어오기 시작했다. 이번에는 각자의 이름 뒤에 체크를 했다. 그러자 한 사람만 남았다. 디나였다.

"디나는 어디 있니?"

침묵.

"누가 기차에서 디다 본 사람 있니?"

"저요!"

코니가 손을 들었다.

"디나는 저기 맨 뒷줄에 앉아서 그림을 그리고 있었는데요."

린트만 선생님이 코니가 가리키는 자리를 보았다. 그러나 디나도 디나가 갖고 있던 연필도 보이지 않았다. 여행 가방조차 사라지고 없었다.

"이럴 수가 있나!"

린트만 선생님은 크게 숨을 쉬었다.

"누구 디나가 내리는 것을 본 사람 있니?"

모두들 고개를 저었다. 이때, 기차가 니뷜(독일 슐레스비히 홀슈타인 주에 있는 도시) 역에 도착했다. 린트만 선생님은 기차 문쪽으로 달려가 플랫폼 위를 살펴보았다.

코니와 아이들은 모두 창에 들러붙었다. 내리는 사람은 아무도 없었다. 디나도 물론 보이지 않았다.

출발 신호가 울리고 기차 문들이 닫히자, 린트만 선생님은 제자리로 돌아왔다. 얼굴이 하얗게 질려 있었다. 슈테른 선생님도 몹시 걱정스런 얼굴이었다.

"어딘가 다른 곳에 앉아 있지 않을까요? 누가 디나랑 다투기라도 했니?"

객실 안은 침묵이 흘렀다. 디나는 늘 괴롭힘을 당했다. 린트만 선생님은 숨을 깊이 들이마셨다.

"한 가지 방법밖에 없어. 기차 안을 샅샅이 뒤져 봐야겠어. 누가 같이 할래?"

코니와 안나, 빌리가 동시에 손을 들었다.

린트만 선생님은 심각한 얼굴로 고개를 끄덕했다.

"좋아. 너희들은 기차 맨 끝에서부터 객실을 하나하나 살펴봐라. 나는 맨 앞으로 가서 반대 방향으로 살펴볼 테니까. 우리가 다시 만날 때에는 디나도 찾을 수 있을 거야."

린트만 선생님은 교생 선생님을 보고 말했다.

"선생님은 여기 계세요."

"그리고 너희들은……."

린트만 선생님은 눈을 부릅뜨고 한 바퀴 둘러보았다.

"제자리에서 꼼짝 말고 있어야 한다. 일 센티미터도 움직이면 안 돼!"

코니와 빌리, 안나는 기차의 맨 뒤 칸까지 좁고 흔들거리는 통로를 달려갔다.

"여기가 마지막 칸이야."

빌리가 말했다. 아이들은 천천히 되돌아가기 시작했다. 다행히 승객은 그리 많지 않았다.

"저기 봐, 바다야!"

갑자기 안나가 소리를 질렀다. 아이들은 창밖을 바라보았다. 양쪽 모두 물이었다. 아이들은 바다 위를 달리고 있었던 것이다. 아이들은 놀라서 멈추어 섰다.

"힌덴부르크 댐이다!"

이미 세 번이나 쥘트 여행 안내 책자를 훑어본 빌리가 설명해 주었다.

"개펄 위에 11킬로미터나 되는 철도를 깔았대."

밀물 때였다. 작은 파도들이 물 위에서 반짝거리며 춤을 추었다. 아무리 보아도 싫증이 나지 않을 풍경이었다. 그러나 코니는 정신을 가다듬었다.

"자, 계속 가야지. 곧 도착할 텐데."

아이들은 객실 하나하나를 모두 둘러보았다. 그러나 디나는 그림자도 보이지 않았다.

"화장실에 있지 않을까?"

코니는 문득 이런 생각이 들었다. 빌리가 그럴 리가 있냐는 듯이 눈썹을 치켜세웠다.

"화장실에? 짐을 다 들고?"

"누가 훔쳐갈까 봐 겁이 났을 수도 있지."

안나가 생각에 잠겨 말했다.

"어쨌든 다시 가서 화장실을 살펴봐야겠어. 혹시 모르니까."

코니가 말했다.

안나와 빌리가 뒤를 따랐다. 첫 번째와 두 번째 화장실은 비어 있었다.

"화장실은 늘 이렇게 냄새가 나야 하니?"

안나가 코를 찡그렸다. 다음 화장실은 사람이 들어 있었다.

"디나?"

코니가 문틈에 대고 속삭였다. 아무 소리도 나지 않았다.

"디나니?"

코니가 조금 더 큰 소리로 말하며 문을 두드렸다.

"디나! 안에 있니? 뭐라고 말 좀 해 봐!"

"에이, 여기 디나라는 애 없어!"

문 안쪽에서 누군가 소리를 질렀다. 나지막한 남자 목소리였다.

"계속 그러면 가만 안 둔다!"

세 아이는 번개처럼 화장실 문 앞에서 몸을 피했다. 통로에 서서 세 아이는 킥킥거렸다.

다음 화장실에도 사람이 있었다. 코니가 노크를 하자, 문이 열리고 어떤 아주머니가 밖으로 나왔다.

"자, 이제 비었네."

아주머니가 웃으며 말했다.

자, 다음 화장실로. 한 남자가 그 앞에 서 있었다.

"다음은 내 차롄데."

코니가 그 남자 앞으로 가려고 몸을 웅크리자 그 남자가 말했다.

"우리는 지금 누군가를 찾고 있어요."

코니가 설명을 하면서 노크를 했다.

"디나? 너니?"

아무 대답이 없었다. 그런데 코니는 무슨 소리를 들은 것 같았다. 작게 흐느끼는 소리였다.

"실례지만, 안에 누구세요?"

코니는 다시 문을 두드렸다.

"나야."

문 안쪽에서 우는 목소리가 들렸다. 디나였다.

"한참 찾았잖아! 네가 없어져서 린트만 선생님은 다 죽어 간다니까. 무슨 일이니?"

"아무것도 아니야."

디나가 신음소리를 냈다. 그러고는 다시 흐느껴 울었다. 이번에는 아주 큰 소리였다.

"울어."

빌리가 코니의 귀에 대고 속삭였다.

"문 좀 열어 봐!"

코니가 부탁했다.

"그래, 얼른! 나도 화장실 좀 쓰자!"

앞에 서 있던 남자가 퉁명스럽게 말했다. 코니가 그 남자에게 똑 부러지게 말했다.

"여기 좀 문제가 생겼거든요. 다른 화장실을 사용하시면 안 될까요?"

"그럼 다시 30분을 기다리란 말이야?"

남자는 화를 내면서 다른 곳으로 가 버렸다. 화장실 주위는 그 사이에 아주 조용해졌다.

"디나, 우리도 좀 들어가자!"

코니가 다시 한번 애원을 했다. 디나는 머뭇거리면서 문을 열었다.

"얼른, 누가 나를 보면 안 된단 말이야."

디나가 소리를 죽여 말했다.

세 아이는 서로를 잠깐 바라보다가 화장실 안으로 미끄러져 들어갔다. 너무나 좁았다. 디나는 얼른 화장실 문을 다시 잠갔다. 울어서 눈이 빨개져 있었다.

"도대체 무슨 일이야?"

빌리가 부드럽게 물었다.

"나는 차표가 없어."

디나가 숨을 가쁘게 몰아쉬었다.

"차표 없어도 돼!"

안나가 얼른 말했다.

"맞아. 린트만 선생님이 단체 표를 갖고 있단 말이야. 그것만 있으면 돼."

코니가 설명해 주었다.

"야네테가 그러는데……."

디나가 다시 숨을 가쁘게 쉬었다.

"차표 없이 기차를 탄 사람은 다음 정거장에서 모두 내려야 한다고 그랬지?"

빌리가 재빨리 말을 이었다. 디나가 고개를 끄덕였다.

"야네테가 나도 속이려 들었다구."

빌리가 디나를 위로해 주었다. 디나는 눈을 크게 뜨고 빌리를 쳐다보았다.

"그런데 나만 멍청하게 그 말에 속았다는 거야?"

디나의 눈에서 다시 눈물이 떨어지려 했다.

디나는 어깨를 들썩거리며 코를 훌쩍거렸다. 코니는 조심스럽게 디나를 안아 주었다.

"야네테는 정말 못됐어!"

코니가 화를 냈다. 그 여우 같은 계집애가 제일 연약한 아이를 골라 낸 것이었다. 반에서 가장 어린 빌리와 모든 아이들로부터 따돌림

받는 디나.

"가자."

코니가 화장실 문을 열었다.

"우리 짐 챙겨야 해. 곧 도착할 거야."

넷은 원래 있던 자리를 향해 뛰어갔다. 중간에 아이들은 린트만 선생님을 만났다. 린트만 선생님은 울어서 퉁퉁 부은 디나 얼굴을 잠깐 바라보고는 말했다.

"다행이다, 너를 찾아서. 얼마나 찾았는지 몰라."

디나는 바닥만 내려다보았다.

"잠깐 화장실에 갔었어요."

디나가 우물거렸다.

"이제 됐어."

린트만 선생님은 더는 아무 말도 하지 않았다. 객실로 돌아와 린트만 선생님은 예의 그 우렁찬 목소리로 말했다.

"모두 짐들을 싸도록 해라. 기차에 놓고 내리는 물건이 있으면 안돼. 알았지?"

다음 순간, 스피커에서 안내 방송이 나왔다.

"몇 분 있으면 베스터란트에 도착합니다. 종착역입니다. 승객 여러분, 안녕히 가십시오. 다음에 또 우리 기차를 이용해 주시면 감사하겠습니다."

코니는 짐을 쌌다. 재빨리 쓰레기도 버렸다. 다섯 시간만에 그렇게 많은 쓰레기가 쌓였다니 놀라웠다. 그러고 나서 코니는 다른 아이들과 함께 문 앞에 길게 줄 지어 서서 기차가 역에 도착하기를 기다렸다. 브레이크 소리가 끽 하고 났다. 드디어 도착한 것이다!

밖은 따뜻했지만 덥지는 않았다. 딱 좋은 날씨였다. 맑고 푸른 하늘에는 해가 비치고 약간 바람이 불었다. 코니는 짐을 플랫폼 위에 내려놓고 힘차게 숨을 쉬었다.

"너희들도 바다 냄새가 나니?"

"모두 이쪽으로, 이리 모여!"

린트만 선생님은 재빨리 다시 한번 전체 인원을 파악하고는 만족한 듯이 고개를 끄덕인 다음, 소리를 질렀다.

"내 뒤를 따라와!"

린트만 선생님은 느닷없이 우산을 꺼내더니 머리 위로 올리고 아이들을 역 앞 광장으로 이끌었다. 그곳에는 이미 짐들을 숙소까지 실어다 줄 작고 낡은 트럭이 기다리고 있었다.

"어휴, 나는 이 가방들을 내가 직접 끌고 가야 하는 줄 알았네."

빌리가 다행이라는 듯이 말했다.

"내가 지도에서 봤는데, 적어도 4킬로미터는 더 걸어가야 하겠더라고."

"4킬로미터?"

야네테가 지나가면서 빌리의 마지막 말을 낚아챘다.

"나는 절대로 안 걸어가."

"너는 차를 타고 가도 되겠지."

코니가 말하면서 택시 정류장을 가리켰다.

"좋은 생각이네."

야네테가 씩 웃었다.

"린트만 선생님!"

야네테가 아이들 사이를 뚫고 선생님에게 달려가면서 갑자기 다리를 절기 시작했다. 이번에는 또 무슨 꿍꿍이일까? 코니는 궁금해하면서 야네테 뒤를 따랐다.

"발목을 삐었다고?"

린트만 선생님은 눈썹을 치켜세웠다가 고개를 끄덕였다.

"응, 너는 트럭을 타고 가도 된다. 꼭 그러고 싶다면 말이야."

"고맙습니다. 정말 우리 선생님 최고야."

야네테는 뒤돌아섰다. 코니가 바로 앞에 서 있다가 야네테를 경멸하는 눈빛으로 바라보았다.

"이번에도 잔머리를 굴렸구나!"

야네테는 혀를 쏙 내밀어 보였다. 그러고 나서 마치 여왕 같은 걸음으로 트럭 조수석으로 걸어갔다.

"절름거리는 거 잊지 말아라!"

코니가 야네테의 등에 대고 소리를 질렀다. 특별히 크게.

야네테는 얼른 린트만 선생님 쪽을 돌아보았지만, 선생님은 아무 소리도 듣지 못한 것 같았다. 그리고 슈테른 선생님도.

슈테른 선생님은 조금 떨어진 곳에서 디나와 이야기를 하고 있었다. 코니는 놀랐다. 디나가 그렇게 활짝 웃는 것은 처음 보았다. 게다가 그런 기분 나쁜 일을 당한 다음인데도. 슈테른 선생님은 정말로 친절한 분 같았다.

트럭이 부릉 소리를 내며 출발하자, 모두들 부러운 듯이 야네테를 바라보았다. 야네테는 다시 한번 손을 흔들더니 과장된 몸짓으로 공중에 대고 입맞춤을 날렸다.

"쟤는 나중에 다리를 절지 않는 유일한 애가 될 거야."

빌리가 코니에게 속삭였다.

"우리 어디로 가서 서요? 두 줄로 줄을 설까요?"

안나가 린트만 선생님에게 질문을 퍼부었다.

"잠깐만 참아."

린트만 선생님은 다른 말은 하지 않았다. 뭔가 비밀스럽게 들렸다.

트럭이 시야에서 사라지자마자, 마차 하나가 역 광장으로 흔들거리며 들어왔다. 커다란 말 네 마리가 끄는 마차였는데, 말들은 발목이 굵고 털이 수북하게 나 있었다.

"아, 나도 저런 마차를 타 보았으면."

안나가 금세 소리를 지르다가 마차가 바로 자기 앞에 서자 깜짝 놀랐다. 안나는 갈색말의 콧잔등에 난 흰 점을 쓰다듬었다. 말은 기분 좋은 듯 숨을 내쉬더니 부드러운 코를 안나에게 갖다 댔다. 코니는 얼른 말과 안나의 사진을 찍었다. 린트만 선생님이 우산을 흔들었다.

"자, 모두 올라타!"

선생님이 소리를 질렀다.

안나가 좋아서 소리를 쳤다.

"우리도 타도 된대!"

안나와 다른 애들 모두 얼른 마차에 올라탔다. 마지막으로 슈테른 선생님과 린트만 선생님이 나무 계단 위에 올랐다.

"정말 멋진 생각이시네요."

슈테른 선생님이 말했다.

"그렇지? 내가 깜짝 놀라게 해 준 것 맞지?"

린트만 선생님이 싱긋 웃었다. 코니는 믿을 수 없다는 듯한 눈빛으로 린트만 선생님을 쳐다보았다. 린트만 선생님에게 이런 면이 있을 줄은 꿈에도 몰랐다.

마부가 혀를 쯧쯧거렸다. 마차가 움직이기 시작했다. 마차는 부드럽게 이리저리 흔들렸다. 모두들 호기심에 가득 찬 눈으로 도시를 둘러보았다. 커다란 요양소, 알록달록 색깔이 칠해진 가게와 호텔, 식당, 카페, 그리고 펜션 들을 지나쳤다.

가끔씩 코니는 슈테른 선생님 쪽을 건너다보았다. 선생님은 린트만 선생님과 즐겁게 얘기를 나누고 있었다. 두 사람은 서로를 잘 이해하는 듯했다. 이상한 일이었다. 두 사람은 전혀 어울리지 않았다. 친절한 슈테른 선생님과 괴물 같은 린트만 선생님이 어떻게 잘 지낼 수 있단 말인가?

"바다가 보인다!"

갑자기 빌리가 잔뜩 흥분해서 말했다. 코니는 목을 길게 빼어 바다를 보았다. 수영을 하고 싶은 생각이 굴뚝같았다.

마차가 모래 언덕을 지날 때는 아이들 머리 위에서 갈매기가 울어 댔다. 규칙적으로 말의 발굽 소리가 들렸다. 마치 음악 같았다.

"정말 멋지지 않니?"

안나의 눈이 반짝거렸다. 말과 관련이 있기만 하면 무엇이든 안나에게는 정말 멋진 것이었다. 그러나 코니와 빌리에게는 그렇지 못했다.

"야네테가 이것을 알았다면 절대 트럭은 타지 않았을 텐데."

코니가 만족스러운 표정으로 말했다.

"제 잘못이지! 마침내 제 꾀에 제가 넘어간 거야!"

빌리가 킥킥거렸다.

"그러니까 세상에는 아직도 정의가 살아 있는 거지."

코니가 말없이 자기 옆에 앉아 있는 디나를 힘내라는 뜻에서 툭 하고 쳤다.

"그런데 린트만 선생님은 야네테에게 왜 아무 말도 안 했을까?"

안나가 물었다. 안나는 야네테에게 거의 동정 비슷한 것을 느끼는 중이었다. 자기한테 그런 일이 생겼다면 자기도 마차를 못 탔을 것이다. 생각만 해도 끔찍한 일이었다!

"선생님은 그냥 야네테에게 말해 줄 수도 있었을 텐데."

안나가 속삭였다.

"맞아. 그런데 아무 말도 안 했어."

코니가 고개를 끄덕거렸다.

"아마 선생님도 야네테가 꾀병을 부린다는 것을 눈치챘나 보지."

빌리가 말하고는 씩 웃었다.

"너희들은 어떻게 생각하니? 린트만 선생님도 야네테를 못마땅하게 생각하는 거지?"

"그럴 수도!"

코니도 씩 웃었다. 만일 그렇다면, 린트만 선생님이 조금 좋아질 수도 있었다. 물론 조금뿐이지만.

젖소 농장과 들판 너머로 마침내 숙소가 보였다. 숙소는 모래 언덕 바로 옆에 있었다. 풀로 이은 지붕 덕분에 마치 오래된 농가처럼 보였다.

마차는 커다란 나무 대문 앞에 멈추어 섰다. 이미 짐이 와서 아이들을 기다리고 있었다. 여행 가방 위에 야네테가 불만이 가득한 얼굴을 하고 앉아 있었다. 코니와 빌리는 서로 마주 보며 씩 웃었다.

"바닷바람 농장에 오신 것을 환영합니다."

주인 부부가 와서 농장 구경을 시켜 주었다. 파란 줄무늬가 쳐진 어부옷을 입은 게르텐스 씨가 앞장을 섰다.

"이곳에는 숙녀분들 방이 있습니다. 신사분들 방은 저 길을 따라 내려가야 하고요."

코니는 방문 하나를 열어 보았다. 방은 일층에 있었고, 창밖으로 널따란 정원이 보였다. 양쪽 벽에는 2층 침대가 하나씩 놓여 있었다.

"침대가 네 개네! 딱 맞는데."

코니가 소리치고는 안나, 빌리, 디나 그리고 자기를 손가락으로 꼽았다. 디나가 고개를 번쩍 쳐들었다.

"나도 너희들 방에 있어도 된단 말이니?"

디나가 놀란 얼굴로 물었다.

"아, 물론이지. 무슨 생각을 하는 거야?"

코니가 말했다.

"음, 그냥……. 다른 아이들은 나랑 아무것도 같이 안 하려 들거든."

디나가 기어 들어가는 목소리로 대답했다.

"왜 그런다니?"

빌리가 물었다. 디나는 어깨를 으쓱했다.

"일학년 때부터 쭉 그래 왔어. 야네테는 처음부터 나를 미워했어. 늘 나를 못살게 굴었지. 그리고 다른 아이들은 그냥 야네테를 따라 그런 거구."

"그럼 이제 우리가 있어서 잘됐구나. 자, 그럼 골라 보자. 누가 어떤 침대를 쓸래?"

코니가 말했다.

"나는 아래쪽 침대를 쓸래. 그래야 밤에는 얼른 화장실에 갓다 오지."

안나가 재빨리 대답했다. 코니가 킥킥거렸다.

"그럼 내가 네 위의 침대 쓸래."

"나도 위쪽에서 자고 싶어. 너는 어때, 디나?"

빌리가 물었다.

"그럼 내가 아래쪽에서 잘게. 나야 아무 데나 상관없어."

디나가 대답했다.

옷장의 어디를 어떻게 쓸 건지도 순식간에 정해졌다. 아이들은 짐을 풀었다. 이제 침대보를 씌우기만 하면 되었다. 그러고는 늘 그렇듯 잠옷 자랑이 시작되었다.

이번 바다 여행을 위해 코니는 특별히 파랑과 하양 줄무늬 잠옷을 마련했다. 안나의 잠옷은 강아지 사진이 인쇄된 것이었다.

"니키를 데려올 수 없으니까 이렇게라도 해야지."

안나가 설명하고는 한숨을 쉬었다.

"못 말리겠다!"

빌리가 씩 웃었다.

빌리도 동물을 좋아하긴 하지만, 안나가 입은 골든 리트리버 잠옷은 조금 촌스러워 보였다. 빌리는 검정과 노랑 줄무늬가 있는 단순한 잠옷을 골랐다. 역시 호피무늬 잠옷이었다. 디나의 잠옷은 알록달록했다. 그 위에는 작은 만화 캐릭터들이 돌아다니고 있었다.

"우아, 멋지다!"

코니가 소리쳤다.

"내가 직접 그린 거야."

디나가 조금 당황스러워하며 말했다.

"정말?"

코니가 그림들을 자세히 들여다보았다.

"나도 너처럼 그림을 잘 그리면 얼마나 좋을까?"

빌리도 감동을 받았다.

"가게에서 산 거 같아!"

디나의 얼굴이 환해졌다.

"너희들 마음에 드니?"

"완전 마음에 들어!"

코니가 소리를 질렀다. 디나의 잠옷은 정말 특별했다.

린트만 선생님이 문을 두드리더니, 고개를 안으로 들이밀었다.

"침대 정리 끝났으면 수영 도구를 챙겨라. 오랫동안 차를 타고 왔으니 몸을 좀 식혀야지."

그런 말은 두 번 할 필요도 없었다. 아이들은 거의 빛의 속도로 침대 정리를 끝내고 수영 도구를 챙겼다.

아이들이 정원에 모였다. 대문을 하나 지나자 구불구불 모래언덕을 지나는 작은 모랫길이 나왔다. 모래언덕 하나를 넘고 다시 내려오니 바로 바다였다. 수평선까지 파란 파도가 넘실거렸다.

"멋져! 세상 끝까지 물이야!"

코니가 웃으면서 말했다.

"말도 안 돼! 몇 백 킬로미터만 헤엄쳐 가면 바로 영국인데!"

마르크가 참견하고 나섰다.

"네가 몇 백 킬로미터를 헤엄쳐 갈 수 있는지 한번 보고 싶구나. 아마 여기서 파도 하나도 못 넘을걸."

빌리가 말했다.

"너는 어떻고?"

빌리가 어깨를 으쓱했다.

"내가 수영 천재니? 너도 아니잖아."

마르크가 빌리를 흘겨보았다.

여자아이들이 킥킥거렸다.

아이들은 이미 방에서부터 수영복을 갈아입고 나왔다. 티셔츠와 바지만 벗으면 되었다.

"자, 가자!"

코니가 남자아이들과 함께 맨 처음으로 바다를 향해 달려 나갔다. 그러고는 북해의 파도 속으로 힘껏 몸을 던졌다. 안나는 그리 서두르지 않았다.

"후, 얼음처럼 찬데."

안나는 더 깊이 들어가야 하나 말아야 하나 결정하지 못한 채 물속으로 천천히 걸어 들어갔다.

"자, 그러지 말고 얼른 와."

코니가 안나를 향해 소리를 질렀다.

"일단 물에 들어오면 그렇게 안 차."

코니가 다시 파도 속으로 들어갔다. 그리고 다시 푸, 숨을 내쉬며 고개를 들었을 때, 안나와 빌리, 디나 모두 코니 옆에 와 있었다.

"정말 끝내 준다!"

코니는 물속으로 드러눕듯이 몸을 던졌다.

"들어와. 수중 카페로 너희들을 초대할게."

빌리와 안나, 디나는 함께 물속 바닥에 주저앉았다. 위로 떠오르지 않고 물속에 그대로 머물러 있기란 쉽지 않았다. 그래도 성공! 아이들은 숨을 참을 수 없을 때까지, 보이지 않는 컵에 담긴 짜디짠 바닷물 커피를 홀짝거렸다.

야네테는 바닷물이 복사뼈에 오는 곳까지만 들어왔다. 그렇잖아도 작은 비키니가 물에 닿으면 더 줄어들까 봐 겁내는 것 같았다. 야네테는 선크림을 바른 다음, 박하색 큰 수건 위에 드러누웠다.

"뭐, 물이 싫은 거니?"

파울이 야네테에게 소리쳤다. 야네테는 조금 큰 선글라스를 코 위쪽으로 내렸다.

"너희 애들은 그렇게 재미있으면 계속해서 물장구나 치렴."

"이리 와. 야네테 숙녀분, 일광욕하시는 데 방해하지 말고."

마르크가 킥킥거리면서 파울에게 진흙 한 덩어리를 던졌다. 금세 진흙 던지기 전투가 벌어졌다.

"야, 바보들아, 다른 데 가서 못 하겠니?"

머리끝에서 발끝까지 진흙을 뒤집어 쓴 야네테는 다시 샤워를 해야 할 판이었다. 야네테는 배를 잔뜩 집어넣고 서 있다가 재빨리 물속으로 들어갔다. 얼굴이 하얗게 질린 것을 보고 있자니, 코니는 야네테 몰래 사진이라도 찍어 두었으면 싶었다.

수영을 하고 나자, 모두들 무지하게 배가 고팠다. 저녁 식사로 야채와 햄 따위를 곁들인 빵과 들장미 차가 나왔다.

"수학여행까지 와서 꼭 들장미 차를 마셔야 하니?"

디나가 코를 찡그렸다.

"카밀라 차보다 낫지, 뭐."

코니의 의견이다.

"맞아!"

디나가 웃으며 모두에게 차를 한 잔 더 따라 주었다. 식탁을 치우자마자 모두들 다시 바닷가로 나가 해가 수평선 너머로 질 때까지 배구를 하며 놀았다. 하늘이 갑자기 온통 붉게 물들었다.

"정말 멋있다!"

순간 코니는 다른 곳보다 바로 이곳에 있고 싶었다. 하늘은 오렌지색, 분홍색, 그리고 보라색으로 빛을 바꾸어 갔다. 해가 질수록 색깔은 더욱 찬란해졌다. 모두들 빨간 불덩어리의 마지막 조각까지 바다 너머로 사라질 때까지, 하늘이 점점 더 어두컴컴한 회색빛으로 바뀔 때까지 바라보았다.

＊ ＊ ＊

안나와 빌리, 그리고 디나가 세탁실에 간 동안, 코니는 나머지 짐을 재빨리 꺼냈다. 이게 뭐지? 가방 맨 아래쪽에, 바지 밑에 작은 상자가 하나 있었다. 신난다! 선물이다! 분명 엄마와 아빠가 준 것일 것이다. 코니는 호기심 가득한 얼굴로 포장지를 뜯었다.

그것은 책이었다. 그런데 파란 표지에는 아무런 제목도 씌어 있지 않았다. 그리고 안쪽은 그냥 백지였다. 이상한 일이었다. 코니는 책장을 들추어 보다가 편지 한 통을 발견했다.

사랑하는 코니

어때, 깜짝 놀랐니?

엄마가 내 선물을 네 짐 속에 몰래 넣어 두기로 했단다. 이것이 무엇인지 아니? 너를 위한 일기장이란다! 내 생각에 이 일기장이 너의 수학여행에서 아주 요긴하게 쓰일 것 같구나. 나중에 좋은 추억이 될 경험을 분명히 많이 하게 될 거야.

집 생각이 나거나 걱정이 있을 때는, 일기장에 써 보렴. 그런 것들에 대해 쓰고 나면 분명히 마음이 더 나아지거든.

나는 벌써 50년 이상을 일기를 쓰고 있어. 일기가 없는 내 삶은 전혀 상상할 수가 없단다. 너도 분명 쓸 마음이 생길 것이라고 믿는다.

〈몇 가지 참고 사항〉
- 날마다 쓰려고 하지 말고 쓰고 싶을 때만 써라.
- 짧게, 중요한 단어만 써라.
- 네가 쓰고 싶은 것만 써라.
- 일기 쓰기는 무엇보다 재미있어야 한다!
그리고 우편엽서, 입장권 등을 붙일 수 있는 딱풀도 하나.
좋은 일만 있기를 빈다.

할머니가.

코니는 싱글거리며 웃었다. 역시 할머니다워!
좋아. 일기를 안 쓸 이유가 없지.
코니는 배낭에서 얼른 연필을 꺼내 첫 줄을 썼다.

오늘, 쥘트에 도착했음.

코니는 씩 하고 웃었다. 할머니가 간단하게 쓰라고 하셨잖아? 더 짧게는 안 돼! 코니는 조심스럽게 일기장을 다시 가방 안에 넣고 다른 아이들이 있는 욕실을 향해 달려갔다.

＊ ＊ ＊

다음 날 아침, 일정표에는 첫 번째 소풍이 적혀 있었다. 작은 버스가 섬의 반대편에 아이들을 데려다 줄 것이었다. 그곳은 모래사장이었다.

"신발은 아예 벗어서 버스 안에 놓아두는 것이 좋을 거야. 모래사장을 맨발로 걸을 거니까."

슈테른 선생님이 말해 주었다. 린트만 선생님도 고개를 끄덕거렸다.

"우리가 몇 분 일찍 도착했구나. 조금 기다려야겠다. 조금 주변을 둘러봐도 좋아. 하지만 멀리 가면 안 된다!"

코니와 빌리, 안나와 디나는 버스에서 내렸다. 썰물 때였다. 아이들 앞에는 눈에 보이는 한, 반짝거리는 모래사장만 놓여 있었다.

"미치겠다. 바닷물은 모두 어디로 간 거야?"

안나가 중얼거렸다.

"아, 저기 거인들이 몇 명 오는데."

마르크가 과장되게 말했다.

"거인들이 목이 말라서 바닷물을 모두 마셔 버렸나 봐."

"많이들 드시게, 거인님들!"

코니가 웃으며 말했다.

늘 작은 스케치북을 끼고 다니는 디나는 갈매기와 검은머리물떼새 몇 마리를 그렸다. 슈테른 선생님이 디나 옆에 앉았다.

"디나, 전시회 해도 되겠다!"

"아, 예."

디나가 얼굴을 붉히더니 얼른 스케치북을 덮었다.

"아니야, 계속해서 그려. 방해하지 않을게."

슈테른 선생님이 얼른 다시 일어났다. 하지만 어차피 그림 그릴 시간이 그리 많이 남지는 않았다. 아이들을 모두 갯벌로 이끌고 가고 싶어 하는 부데 부인이 이미 왔기 때문이었다. 부인 또한 맨발에 짧은 바지, 어깨에는 삽을 하나 걸치고 있었다.

"안녕, 안녕?"

부인은 모두에게 인사를 했다.

"자, 가 볼까?"

길게 줄을 지어 아이들은 모래사장을 행진해 나갔다. 바닥이 어떤 곳은 굳고 단단했다. 어떤 곳은 말랑말랑해서 진흙이 발가락 사이로 비집고 올라왔다. 평평한 물웅덩이 속을 달리기도 했다. 곳곳에 국수가락처럼 생긴 것들이 쌓여 있었다. 부데 부인이 갑자기 멈추어 섰다.

"우리는 지금 바다 한가운데 서 있는 거예요. 밀물 때는 이곳에서 물고기들이 헤엄을 친답니다. 그런데 하루에 두 번, 바다 바닥이 이렇게 드러나요."

부인이 설명해 주었다. 부인은 주변을 둘러보았다.

"이곳에서는 아무 일도 일어날 것 같지 않아 보이지요. 진흙밖에 없지요. 그러나 바닥에는 조개, 벌레, 게, 달팽이 그리고 맨눈으로는 안 보이는 단세포 생물들이 엄청나게 많이 살고 있어요. 1제곱미터의 갯벌에 얼마나 많은 동물이 살고 있는지 알아맞혀 볼래요?"

"30종류요."

파울이 어림짐작으로 말했다.

"더 많아요."

부데 부인이 말했다.

"100종류요."

야네테가 소리쳤다.

"더!"

"1,000!"

빌리가 말했다. 모두들 웃었다. 코니도 웃으며 말했다.

"그건 너무나 많다. 다들 1제곱미터 안에서 어떻게 살겠어?"

"1,000종류도 유감스럽지만 틀렸단다. 1백만 종류가 살고 있거든."

부데 부인이 말했다. 그 말을 듣고 빌리도 할 말을 잃었다.

"세상에!"

"저기 있는 국수가락 같은 것이 어디서 왔는지 아는 사람?"

"갯지렁이에서 나온 거예요."

코니가 말했다.

"맞았어. 여기서 모래를 먹고 사는 갯지렁이들의 배설물이란다."

"배설물이라고요?"

오스카가 이해가 안 간다는 듯 물었다.

"갯지렁이들이 싼 똥이란 말이야."

마르크가 힌트를 주었다.

"마르크!"

린트만 선생님이 눈썹을 찡그렸다. 그러나 부데 부인은 그저 웃을 뿐이었다.

"뭐, 그렇게 말할 수도 있겠지. 지금부터 갯지렁이를 한번 잡아 볼까?"

부데 부인은 그렇게 말하고는 삽을 모래에 꽂고 퍼내기 시작했다. 그러고는 금세 손바닥 위에 10센티미터 길이의 벌레를 올려놓고 보여 주었다.

"누가 한번 만져 볼래?"하고 물었다.

슈테른 선생님은 자기도 모르게 한 걸음 뒤로 물러섰다.

"저요!"

오스카가 소리치고는 손을 내밀었다. 그러자 다른 남자아이들도 자기들도 용감하다는 것을 보여 주려 했다.

"여자아이들은 어때?"

부데 부인이 물었다.

빌리는 정말로 흥미가 있어서 그 벌레를 잠깐 동안 손으로 만져 보았다. 그러나 다른 아이들은 포기하고 말았다. 그보다는 코니도 차라리 부데 부인이 갯벌에서 파낸 맛조개가 더 나았다. 맛조개는 적어도 손으로 잡을 수 있는 딱딱한 조개껍데기라도 있었다.

"맛조개는 이곳 갯벌에 겨우 몇 백 년 전부터 살기 시작했어. 얘들은 원래 아메리카 대륙에 살았는데, 배에 붙어서 건너왔단다."

부데 부인이 설명해 주었다. 그러고 나서는 새들 가운데 하나를 가리키며 말했다.

"야, 검은머리물떼새가 좋아하는 먹이가 생겼구나!"

아이들은 갯벌을 여기저기 돌아다니며 곰새우도 찾고 심지어는 작은 가자미까지 발견했다.

"우와, 배고파!"

아이들이 점심때가 되어서 다시 돌아오자, 코니가 말했다.

"나도! 바다 냄새가 배고프게 만들었나 봐."

슈테른 선생님이 웃으며 말했다. 다행히 금세 점심 식사가 준비되었다. 코니는 한 접시 가득 음식을 퍼 담았다.

"돼지고기 먹을래?"

코니가 포크로 빌리를 주려고 한 조각을 찍어 올렸다. 그러나 빌리는 깜짝 놀라서 자기 접시를 뒤로 뺐다.

"나, 고기 안 먹어!"

"언제부터 안 먹었니?"

코니가 놀라면서 물었다. 저번 생일날에는 빌리도 소시지를 세 개나 먹었다.

"조금 됐어."

빌리가 석연치 않은 표정으로 대답했다.

코니는 돼지고기를 원래 있던 자리로 철퍼덕 소리가 나게 다시 내려놓았다.

"고기를 왜 안 먹어?"

"동물들은 내 친구야. 나는 내 친구를 먹을 수 없어."

빌리가 잘라 말했다.

옆 탁자에 앉아 있던 야네테가 킥킥거리며 돌아보았다.

"코니도 맛은 없을 거야."

"맞아!"

코니가 야네테를 보고 씩 웃으며 말했다.

"그런데 사람들 가운데는 뱀을 먹는 사람도 있지."

야네테의 눈이 가늘어졌다.

"정말 웃긴다."

야네테는 기분이 나빠져서는 다시 자기 친구들 쪽으로 돌아앉았다.

이것으로 처리된 듯싶었다. 코니는 언젠가는 돼지였을 자기의 훈제 돼지고기를 찬찬히 바라보았다. 적어도 돼지의 일부였을. 얼마 전까지만 해도 이 돼지는 귀여운 아기돼지였을 것이다. 언젠가 농장에서 보고 자기가 쓰다듬어 주었던 그 아기돼지만큼이나 귀여운 아기돼지였을 것이다. 아주 작고, 귀여운, 분홍색 아기돼지……

코니는 지금껏 이런 점에 대해서 깊이 생각해 본 적이 한 번도 없었다. 코니는 고개를 흔들었다. 이것은 소고기로 만들었을지도 몰라. 코니는 스스로를 달랬다. 갑자기 몇 백 미터 떨어진 풀밭에 서 있는 커다란 눈의 송아지들이 보였다. 디나도 갑자기 고기를 접시 가장자리로 밀었다.

"이게 도대체 뭐지?"

디나가 물었다.

"돼지고기!"

빌리가 혐오스럽다는 듯이 쳐다보았다. 채식주의자로서 빌리는 아는 것이 상당히 많았다.

코니는 분홍색 아기돼지가 아니라, 뻣뻣한 털이 난 뚱뚱한 어른돼지를 생각하려고 애썼다. 하지만 아무리 애써도 밥맛이 싹 달아나고 말았다. 그리고 코니도 빌리와 디나처럼 푹 삶은 감자와 통조림 채소만 먹었다. 안나는 끈기 있게 훈제 돼지고기에 칼질을 해 댔다. 안나는 동정어린 눈길로 빌리의 접시를 바라보았다.

"소스도 안 먹니?"

안나가 물었다. 빌리가 눈동자를 굴리며 말했다.

"거기도 고기가 들어 있잖아!"

안나는 어깨를 으쓱하고는 빌리의 돼지고기를 낚아 올리려 했다. 냉정하게도! 안나는 코니의 비난 섞인 눈빛을 느꼈다. 안나는 과장된 몸짓으로 안경을 고쳐 썼다.

"나도 동물을 좋아해."

안나는 설명을 덧붙였다.

"물론 나도 망아지나 강아지를 먹지는 않아. 하지만 하필이면 돼지가 내 친구라고 할 수 있니?"

안나는 묻기라도 하는 듯 팔을 들어올렸다.

"어쨌든 동물들도 다른 동물들을 먹잖아."

"동물들 가운데는 식물만 먹는 동물도 있어! 예를 들어 코끼리 말이야."

빌리가 당장에 반박하고 나섰다.

"그러니까 너도 코끼리가 되고 싶다고?"

안나가 자기도 모르게 씩 하고 웃었다.

옆 식탁에서는 자스키아, 야네테, 아리아네가 킥킥거리며 웃기 시작했다. 빌리는 얼굴이 빨개졌다. 작년에 아주 많이 자라긴 했지만, 빌리는 여전히 반 전체에서 가장 작았다. 그것도 아주 차이를 많이 두고. 코끼리라기보다는 생쥐에 가까웠던 것이다.

"내 생각에 네가 고기를 더 이상 안 먹기로 한 것은 잘한 일인 것 같아."

코니가 얼른 두 사람의 대화를 끊었다. 빌리는 화를 꾹 참았다.

"그런데 나는 너처럼 견뎌낼 수 있을지 모르겠어."

코니가 자신 없다는 투로 말했다.

"별로 어렵지 않아."

빌리는 열광적으로 이야기하기 시작했다.

"동물 생각만 하면 돼!"

코니가 고개를 끄덕였다. 맞아. 정확해. 동물 생각만 하면 식욕이 싹 가시지. 그러나 코니가 오늘은 훈제 돼지고기를 그냥 놓아두었지만, 정말로 평생 닭고기, 소시지 그리고 슈니첼을 안 먹을지는 알 수 없었다.

이미 다음 날 점심때 코니는 마음이 약해졌다. 바삭하게 잘 구워진 닭다리가 메뉴였다. 린트만 선생님은 풋콩과 소스도 뿌리지 않은 흰 밥만 놓인 빌리의 접시를 보더니 눈살을 찌푸렸다.

"고기는 안 먹니?"

린트만 선생님이 냉정하게 물었다.

"빌리는 채식주의자예요."

코니가 불쑥 끼어들었다. 빌리가 막 입 안 가득 풋콩을 먹었기 때문이다. 린트만 선생님은 아주 조금 눈썹을 치켜올리더니 다른 데로 휙 가 버렸다.

＊ ＊ ＊

오전부터 구름이 잔뜩 끼었다. 그러고는 점심시간이 되자, 비가 내리기 시작했다. 게다가 엄청난 양이 쏟아졌다! 창을 타고 빗물이 마구 쏟아져 내렸다. 어제는 그렇게 햇빛이 쨍쨍했는데.

"오늘은 우리가 아쿠아리움을 방문하기 딱 좋은 날씨로구나. 빌리가 그곳에서 우리에게 북해에 사는 물고기들에 대해서 발표를 할 거야. 그곳에 가면 북해에 사는 물고기들을 모두 볼 수 있거든."

린트만 선생님이 말했다.

사실이었다. 거대한 수조 안에 북해에서 헤엄쳐 다니는 물고기란 물고기는 모두 있었다. 넙치, 도미, 뱀장어, 농어……

가장 멋진 것은 유리 터널을 통해 물속 한가운데를 지나갈 수 있다는 것이었다. 그러면 물고기들이 사람들 주위를 헤엄쳐 다녔다. 빌리는 물고기들 이름을 모두 알고 있었고, 사람들에게 이야기해 줄 것이 몹시 많았다. 수많은 반점이 있는, 기다란 갈색 물고기들이 유난히 코니의 관심을 끌었다.

"북해에도 두툽상어가 있다는 것이 멋지지 않니?"

안나가 코니를 향해 속삭였다.

"집에 가서 이 이야기를 꼭 고양이 마우에게 해 줄 테야."

마침내 발표를 마쳤을 때, 빌리의 뺨이 발갛게 빛나고 있었다.

"정말 잘했어!"

린트만 선생님이 칭찬을 하고는 작은 수첩에 100점이라고 점수를 적어 넣었다. 코니가 빌리를 툭 치며 말했다.

"굉장하다. 어쩜 그렇게 물고기에 대해서 많이 아니?"

"물고기에 대한 책이 많잖아. 그리고 얼마 전에 흥미진진한 영화도 텔레비전에서 몇 편 했고 말이야."

안나는 이야기의 뒷부분만 들을 수 있었다.

"무슨 흥미진진한 영화?"

안나가 호기심이 가득한 얼굴로 물었다. 안나는 빌리가 느끼한 사랑 영화 아니면 기껏해야 말이 나오는 영화를 생각하고 있을 거라고 짐작했다.

"물, 고, 기, 영화!"

빌리가 한 글자 한 글자 또박또박 말했다.

선생님들은 아이들끼리만 아쿠아리움을 자유롭게 더 돌아다닐 수 있게 해 주었다. 북해에 사는 물고기 말고도 볼 것이 무척 많았다. 가장 큰 수조에는 열대어와 함께 산호초가 담겨 있었다. 여기에도 물속을 지나는 유리 터널이 있었다. 코니, 안나, 디나와 빌리는 놀란 눈을 하고 물 아래 세상을 지났다.

"저기 좀 봐!"

안나가 소리를 질렀다.

톱상어 한 마리가 아이들 머리 위를 천천히 미끄러져 갔다. 그리고는 작은 열대어 수백 마리가 아이들 주위를 에워싸고는 유리 뒤에서 호기심 어린 몸짓으로 천천히 헤엄쳤다.

"정말 예쁘지 않니?"

빌리가 꿈을 꾸듯이 말했다.

코니가 고개를 끄덕였다. 얼마나 멋진 색깔인가! 보라색, 노란색, 오렌지색, 파란색! 그리고 아름다운 무늬들. 긴 줄무늬, 가로줄 무늬, 점박이, 그리고 파도 무늬……

"그림물감 통에 들어가서 목욕이라도 했나 봐."

디나가 멍한 표정으로 중얼거렸다. 디나는 나중에 그림으로 그리려고 몇몇 물고기들을 열심히 관찰했다. 아이들은 천천히 앞으로 나아갔다.

"우와, 저기 봐! 상어야!"

갑자기 코니가 소리를 질렀다.

"기흉상어야. 몸집은 조금 작지만 위험하지 않은 건 아니야."

빌리가 설명해 주었다. 방금까지 스노클을 쓰고 열대 바닷속을 헤엄쳐 다니는 상상을 하고 있던 코니는 닭살이 돋는 것을 느꼈다. 이곳 북해에 있는 것이 남태평양에 있는 것보다 다행인 듯이 느껴졌다. 안나도 몸서리를 쳤다. 안나 바로 앞에서 숨어 있던 커다란 초록색 곰치 한 마리가 갑자기 쉭 하고 지나갔다. 삐뚤어진 입 안은 작고 날카로운 이빨로 가득했고 눈은 작고 탁한 유리처럼 보였다.

코니가 빌리를 툭 하고 쳤다.

"모든 동물이 네 친구라고 말하지 않았니? 난 쟤네들 친구는 절대 못 될 것 같아."

코니가 웃으며 말했다.

＊ ＊ ＊

잠자리에 들기 전에 조금 시간이 있었다. 빌리는 책을 읽었고, 디나는 그림을 그렸으며 코니는 일기장을 펴고 침대에 누웠다. 이 위에 있으면 아무도 어깨 너머로 볼 수가 없었다.

오전에 우리는 갯벌 산책을 했다. 진흙 속에 사는 수백만 마리 생물들 위를 밟고 돌아다녔다. 우웩! 오후에는 슈퍼 아쿠아리움에 갔다. 유리 뒤에 상어가 있는 것을 보니 정말 즐거웠다. 그런데 빌리는 모든 물고기들을 하나하나 알고 있었다.

"안나는 도대체 어디 간 거지?"

코니가 묻고는 가능한 한 눈에 안 띄게 일기장을 살짝 가방 안에 미끄러뜨렸다.

"안나?"

빌리가 책에서 눈을 떼고 쳐다보았다.

"몰라!"

거의 동시에 문이 열렸다.

"안녕?"

안나가 기분 좋은 목소리로 말했다. 안나도 다른 아이들처럼 잠옷 차림이었다.

"너, 어디 갔었니?"

코니가 물었다.

"아, 다른 애들은 뭐하고 있나 보러 갔었어."

안나가 살짝 눈을 피하면서 말했다. 다른 애들? 코니는 조금 놀랐다. 안나의 입술은 묘하게 새빨갰다.

"립스틱을 바른 거니, 사탕을 먹은 거니?"

코니가 막 그렇게 물었을 때, 누군가 문 두드리는 소리가 났다.

"잠잘 시간이다!"

슈테른 선생님이 친절한 목소리로 말하고는 모두가 침대에 들어갈 때까지 기다렸다. 그러고 나서 불을 껐다.

"잘 자. 그리고 좋은 꿈 꿔!"

"안녕히 주무세요!"

코니도 소리를 높였다. 슈테른 선생님이 저녁 점호를 하다니 무척 다행이었다. 슈테른 선생님은 린트만 선생님과는 전혀 다르게 정말로 부드러운 분이었다. 빌리가 하품을 했다.

"나도 물고기였으면 좋겠다. 그러면 하루 종일 바다에서 헤엄쳐 다닐 텐데."

"학교에 안 가도 되고 말이야. 그 점이 좋아."

코니가 보충했다. 코니는 비밀에 싸인 열대 바닷속 동굴을 탐험하기 위해 물속을 미끄러지는 상상을 해 보았다.

"너희들이 물고기라면 어떤 물고기일까?"

어둠 속에서 디나가 물었다. 빌리는 조금도 망설이지 않고 말했다.

"나는 호랑이상어(우리말로는 뱀상어이나 독일어를 그대로 옮기자면 호랑이상어다. 빌리가 호랑이를 좋아해서 하는 말이다.)."

"나는 해마."

안나가 말했다.

"나는 알록달록한 열대어."

디나가 웃었다.

"너는, 코니?"

"돌고래."

"돌고래는 물고기가 아니잖아."

빌리가 소리를 질렀다. 코니가 몰라서 하는 말이라고 생각하는 듯했다.

"그래서? 그래도 나는 돌고래가 되고 싶어."

코니가 말하고는 이불 속으로 파고들었다.

방 안은 잠시 침묵이 흘렀다. 아마도 '돌고래가 되고 싶다는 멋진 생각을 왜 하지 못했을까?' 하고 샘을 내고 있는 것 같았다.

"린트만 선생님은 어떤 물고기일까?"

코니는 분위기를 바꿔 보려고 물어보았다.

"곰치!"

잽싸게 안나가 소리를 질렀다.

"맞아. 늙고 사나운 이빨이 있는 곰치!"

코니도 신이 나서 소리를 쳤다. 거의 동시에 린트만 곰치 선생님이 어두운 방 안으로 뛰어 들어왔다.

"이제 조용히 해!"

린트만 선생님이 쉿소리를 내고는 다시 밖으로 나갔다.

8

코니가 다음 날 아침 잠에서 깼을 때에는 아직도 모두 잠들어 있었다. 밖은 이미 환하게 밝아 있었다. 코니는 침대에서 굴러 나와 커튼 사이로 밖을 내다보았다. 비는 더 이상 오지 않았다. 바람이 하늘에 떠 있는 커다란 구름을 밀어내고 구름 사이 여기저기에서 햇빛이 새어나오고 있었다.

코니는 머리띠를 하며 책상 위에 올려놓은 시계를 바라보았다. 6시가 조금 지나 있었다. 아직 한 시간은 더 잘 수 있었지만 잠은 완전히 달아났고 왠지 초조해졌다. 오늘 무슨 일인가 있었다! 아, 그렇지! 오늘이 발표할 날이다. 코니는 한숨을 푹 쉬었다.

코니는 가방에서 조심스럽게 노트를 끄집어냈다. 다시 한번 훑어보기 위해서였다. 저번에 망치고 만 단어 시험 때문에 무슨 일이 있어도 이번에는 웃음거리가 되어서는 안 되었다. 이번에는 확실히 준비했다. 그럼에도 저번에 빵점을 받은 이후, 모두들, 특히 린트만 선생님은 자기를 매우 멍청한 아이라고 생각하고 있을 거라는 느낌을 받았다. 그래서 이번 발표는 잘해야만 했다. 자기도 뭔가를 할 수 있다는 것을 보여 주어야 했다.

코니는 침대 위에서 책상다리를 하고 앉아서 노트를 다시 읽기 시작했다. 디나가 숨을 후 내쉬며 돌아누웠다. 그러나 잠을 깨지는 않았다. 빌리도 뭐라고 몇 마디 잠꼬대를 했다. 코니는 귀를 쫑긋 세우고 들어 보았지만 아무 말도 알아 들을 수 없었다. 아깝다!

코니는 계속해서 노트를 읽어 나갔다. 이것을 위해 얼마나 많은 준비를 했던가! 코니는 수학여행을 오고 싶은 생각은 조금도 없었지만, 바다표범에 대한 보고서는 꾸준히 준비했다. 집에서 코니는 동물에 관한 책들을 모조리 쌓아 두고 인터넷을 뒤지고 이틀 동안이나 오후에는 도서관에서 보냈다. 바다표범에 대해서는 모든 것을 찾아내야 했기 때문이다. 그런 일도 재미는 있었다. 바다표범은 정말 멋진 동물이었다. 운이 좋다면 오늘 바다표범을 볼 수 있을지도 몰랐다. 린트만 선생님이 모래톱에 아이들을 데려다 주겠다고 약속했기 때문이다.

코니가 두 번을 읽고 나자 바깥에서 문들이 열렸다 닫혔다 하는 소리가 났다.

안나가 침대에서 기지개를 켰다.

"잘 잤니?"

코니가 다른 아이들을 깨우지 않으려고 목소리를 낮추었다.

"안녕? 일찍 일어났니?"

안나가 잠이 덜 깬 소리로 물었다.

"한 시간 전에."

"그렇게 일찍 일어났어?"

안나가 머리를 흔들면서 하품을 했다. 조금 뒤 빌리와 디나도 자리에서 일어났다. 아이들은 함께 욕실로 갔다.

"고양이 세수만 해야지."

코니가 말했다. 어제 저녁 모두 샤워를 했기 때문이다. 모두들 세수를 마치자, 야네테도 욕실로 뛰어 들어왔다. 깊게 파인 레이스 달린 잠옷을 입고 있는 야네테의 모습은 조금 우습게 보였다. 게다가 깊게 파였음에도 아무것도 볼 것이 없었기 때문에 더욱 우스웠다.

"무지하게 크네! 엄마 옷 빌려 입었니?"

코니가 웃음을 터뜨렸다. 다른 아이들도 웃기 시작했다.

"흥!"

야네테가 삐죽거렸다. 야네테는 아직도 눈을 제대로 뜰 수가 없었다. 잠을 완전히 쫓기 위해 차디찬 물을 얼굴에 뿌렸지만, 그전에 안나, 코니, 빌리와 디나는 이미 사라지고 없었다.

"창고 앞에서 9시 반에 모이는 거다!"

아침을 먹고 나자 린트만 선생님이 모두에게 알려 주었다.

코니는 조금 놀랐다. 자전거를 타고 가려나? 본채 옆에 있는 낡은 창고는 자전거 창고로 사용하고 있었기 때문이다. 그럼 혹시 보고서 발표는 하지 않아도 되는 걸까?

코니는 얼른 린트만 선생님에게 달려갔다.

"우리 모래톱에 가지 않나요?"

"물론 가지! 하지만 항구까지는 자전거를 타고 갈 거야. 넌 배 위에서 발표를 해야 할 거야."

린트만 선생님이 설명해 주었다.

코니는 고개를 끄덕했다. 아깝군! 한순간 진심으로 코니는 발표를 하지 않아도 될 것이라는 희망을 가졌다.

각자 자전거를 한 대씩 받았다. 여주인이 목록을 읽어 내려갔다.

"코니 클라비터 : 12번 자전거, 안나 브룬스베르크 : 21번 자전거……."

"자기 자전거는 자기 책임이야. 그러니까 잘 간수해야 한다."

게르텐스 부인이 마지막으로 경고를 했다.

린트만 선생님이 바짓가랑이를 걷어올렸다.

"모두들 준비됐니? 그럼 나를 따라와라!"

린트만 선생님이 기분 좋은 듯이 소리를 질렀다. 바다 공기가 몸에 잘 받는 듯했다.

아이들은 사구를 따라 북쪽 봉우리가 있는 곳까지 페달을 밟았다. 바람이 강하게 불었지만, 아이들의 뒤쪽에서 불면서 아이들을 밀어 주었다.

"이것 봐라, 전혀 안 밟아도 가!"

코니가 웃으면서 두 발을 들어올렸다.

"오토바이를 탄 것 같아. 바람 에너지로 가는 오토바이. 너무 좋지?"

빌리가 말했다.

코니는 안나가 있는 쪽을 돌아보았다. 안나는 갑자기 어디로 가 버린 걸까? 맨 뒤에서 따라오는 슈테른 선생님 조금 앞, 자스키아, 야네테와 아리아네 옆에 있었다. 쟤들은 안나한테 또 무슨 짓을 하려는 것일까?

코니는 안나를 도와주려고 멈추어 섰다. 하지만 전혀 그럴 필요가 없었다. 안나는 아주 편한 얼굴로 웃고 있었다. 안나는 그 아이들과 아주 재미있게 이야기를 하는 듯이 보였다. 코니는 더 기다리는 대신 힘껏 페달을 밟았다.

항구에는 이미 작은 고깃배 하나가 기다리고 있었다. 바다표범이
있는 모래톱으로 데려다 줄 배였다. 코니가 디나와 빌리와 함께 배
쪽으로 다가가고 있을 때, 갑자기 안나가 다시 모습을 보였다. 안나
는 촌스런 분홍색 막대사탕을 물고 있었다.

"야네테가 준 거야."

안나가 만족스런 얼굴로 말했다. 안나는 코니가 모를 거라고 생각
하는 듯했다. 그러나 야네테와 자스키아, 아리아네도 똑같은 막대사
탕을 입에 하나씩 물고 있었다.

"여기 멋지다! 그리고 오늘 오후에 야네테가 눈 화장하는 법을 가
르쳐 주기로 했어. 안경을 쓰면 눈이 작아 보이거든."

코니가 툭 내뱉듯이 말했다.

"아주 잘됐네!"

"너한테도 몇 가지 조언을 해 줄지도 몰라."

안나가 말하면서 코니를 툭 쳤다.

"야네테가 생각보다 훨씬 친절하던걸. 애들한테 가 볼게, 응?"

안나는 뒷갑판 쪽으로 사라져 버렸다. 코니는 할 말을 잃고는 안나
가 간 쪽을 멍하니 바라보았다.

배가 천천히 통통 소리를 내기 시작했다. 항구를 떠나 북쪽 봉우리
를 돌아서 열린 바다를 향해 배가 나아갔다. 디젤 엔진이 덜컹거리는
소리를 냈다.

린트만 선생님이 코니가 있는 쪽으로 다가왔다.

"원래는 지금 바로 네 발표를 들으려고 했어."

시끄러운 엔진 소리 때문에 선생님은 소리를 지르고 있었다.

"그런데 아무래도 안 되겠구나. 나중에 바다표범 관찰할 때, 엔진을 끄고 나서 하자꾸나."

"알겠습니다."

어쩔 수 없었다. 모래톱이 아주아주 멀리 있었으면 했다. 코니는 디나와 빌리와 함께 뱃머리에 서 있었다. 파도가 아이들 있는 곳까지 튀어 올랐다. 바람에 아이들 머리칼이 마구 헝클어졌다. 코니는 물위를 바라보았다. 발표도 안나도 생각하지 않으려고 애썼다. 뭔가 찾을 수 있을지 몰라. 커다란 물고기나 아니면…….

"그런데 여기 돌고래가 있기나 하니?"

코니가 물었다.

"흰 돌고래는 없고 쇠돌고래만 있어."

빌리가 아는 체를 했다.

"커다란 고래 말이니?"

디나가 물었다.

"아니야. 쇠돌고래는 흰돌고래만큼 작아. 모양도 비슷하고. 그런데 쇠돌고래는 물 밖으로 뛰어오르지 않고 입 모양도 다르게 생겼어."

"우리가 쇠돌고래 구경을 할 수 있을까?"

디나가 물었다.

"나도 그랬으면 좋겠는데."

빌리가 말하고는 망원경으로 바다를 보았다.

"해변에서도 쇠돌고래를 관찰할 수 있다고 책에서 읽은 적이 있거 든."

코니도 바다를 찬찬히 바라보았다. 어디선가 쇠돌고래 한 마리가 숨을 쉬기 위해서 물 위로 떠오를지 모를 일이었다.

마침내 사구가 눈에 보였다. 바다표범과 함께!

"굉장히 많아!"

빌리가 소리를 질렀다. 빌리는 망원경으로 멀리서도 바다표범을 볼 수 있었다. 선장은 맨눈으로도 볼 수 있을 만큼 배를 조심스럽게 가까이 댔다. 그러고 나서 배의 엔진을 멈추었다.

코니는 사진을 찍기 시작했다. 마르크도 자기 사진기를 꺼냈다.

"더 가까이 갈 수는 없을까요?"

야네테가 부탁했다. 그러나 선장은 고개를 저었다.

"코니가 너희들에게 왜 사람들이 떨어져 있어야 하는지 말해 줄 거야."

린트만 선생님이 말했다.

코니가 움찔 놀라며 말했다.

"바다표범은 헤엄을 치고 잠수를 하다가 사구 위에서 쉬는 거야. 아무도 방해해서는 안 된다고."

코니의 다리가 후들거렸다. 반 아이들 전체가 그것을 볼 수 있었 다. 끔찍한 일이었다. 그렇지만 코니는 계속해서 말했다.

"그리고 여름에는 이곳에서 바다표범 새끼들이 태어나서 젖을 먹 어. 사람들이 사구에 너무 가까이 가면 바다표범들은 물속으로 달아나고 말 거야. 그러면 아기 바다표범들은 엄마와 떨어져서 다시는 못 만날 위험이 커지지."

린트만 선생님이 기특하다는 듯이 고개를 끄덕였다.

"흠, 계속해 봐."

코니는 깊이 숨을 들이마셨다. 코니는 바다표범에 대해서 거의 모든 것을 알고 있었다. 바다표범이 얼마나 크게 자라는지, 얼마나 오래 사는지, 얼마나 오랫동안 물속에 있을 수 있는지, 어떤 먹이를 가장 좋아하는지 등등.

코니가 이야기를 하면 할수록 두 다리도 점점 떨리지 않았다. 갑자기 반 아이들 전체가 코니를 에워싸고 있다는 것이 더 이상 나쁜 일이 아니었다. 모두들 귀를 기울여 듣고 있었다. 야네테마저 이번에는 예외적으로 입을 다물고 있었다.

마지막으로 몇 가지 질문도 있었다. 그러나 코니는 모든 질문에 대답을 해냈다. 린트만 선생님은 만족스러워했다.

"이건 충분히 100점짜리야."

린트만 선생님은 이렇게 말하고는 작은 수첩을 꺼내 들었다. 코니의 얼굴이 확 밝아졌다.

"너는 정말 준비를 잘했구나."

린트만 선생님이 다시 한번 말해 주었다. 코니에게는 린트만 선생님이 처음으로 자기를 제대로 바라본 것처럼 느껴졌다.

슈테른 선생님이 망원경 여러 개를 가져왔다. 배가 파도에 흔들리는 동안, 좀 더 잘 보려고 모두들 번갈아 가며 망원경으로 바다표범을 보았다. 아이들 대부분이 동물원에서 보아서 바다표범에 대해 알고 있었다. 그러나 자연 속에서 본 아이는 아무도 없었다.

"정말 멋지지 않니?"

코니가 말했다. 지금은 바다표범에 대해서 많은 것을 알고 있었기 때문에 사구 위에 있는 바다표범들이 특히 더 가깝게 느껴졌다.

선장만이 바람이 바뀌고 검은 구름이 다가오고 있다는 것을 알아차렸다.

"날씨가 나빠질 것 같아요. 항구로 되돌아가야 합니다."

선장이 말했다. 그러고는 금세 엔진을 켜고 배를 돌렸다.

바다색이 어두워졌다. 바람이 점점 더 세게 불어왔다. 바람이 불어 대니까 처음에는 조금 재미있기도 했다. 그런데 갑판 위에서 무언가를 꼭 붙들어야 할 만큼 바람이 강해지자, 코니는 조금 불안해졌다. 파도가 갑자기 겁이 날 만큼 커지고 작은 배가 이리저리 마구 요동을 쳤다.

코니는 배 속이 이상해지는 것을 느꼈다. 린트만 선생님도 갑자기 얼굴이 하얗게 질려서 갑판 밑으로 사라졌다.

"나, 토할 거 같아."

디나가 중얼거렸다.

"얼른 화장실로 가자."

코니가 말했다. 그러나 갑판 아래에 있는 조그만 화장실은 누군가 이미 들어가 있었다.

"그냥 난간 너머로 토해. 그럼 물고기들이 좋아할 거야!"

둘이 어쩔 수 없이 갑판 위로 돌아왔더니 선장이 말했다.

"그러나 반대쪽 난간으로 가거라. 안 그러면 바람이 너희들이 토한 것을 너희 얼굴에 뿜어댈 테니까."

선장이 웃으며 말했다.

디나는 비틀거리며 다른 쪽으로 걸어갔다. 난간 위로 몸을 숙이고는 금세 토하기 시작했다. 찰칵! 그것을 보고 마르크가 사진을 찍었다.

"정확한 순간에 제대로 눌렀군!"

마르크가 만족스럽게 웃었다.

"사진기 젖지 않게 조심하는 게 좋을걸!"

코니가 화를 냈다.

"오, 이건 일회용 카메라야. 사진 다 찍고 나면 어차피 버려야 해!"

마르크가 사진 찍을 거리는 충분했다. 디나 다음으로 아리아네와 릴로의 차례였다. 그리고 조금 뒤에는 빌리, 클라라, 파울, 자스키아, 얀, 토비아스, 안나, 예니, 코니와 야네테도 별 수 없었다. 모두들 속이 뒤집어졌다. 마르크만 뱃멀미를 하지 않는 듯했다.

"너희들, 육지 생쥐들은 이 정도 흔들리는 것도 견디지를 못하는구나."

마르크가 잔뜩 거들먹거리며 한 사람 한 사람 차례대로 사진을 찍었다.

"우리 수학여행 일지에 사진을 실을 거야. 아니면 학교 신문에."

마르크가 웃음을 터뜨렸다.

오, 마르크 이 자식을! 속이 조금만 괜찮다면……

항구에 도착하자 화장실 문도 다시 열렸다. 린트만 선생님이 얼굴이 하얗게 질려서 비틀거리며 갑판 위로 걸어 나왔다. 발밑에 다시 딱딱한 땅이 있다는 것에 모두들 기뻐했다.

아이들은 자전거를 타고 천천히 농장으로 돌아왔다. 대부분이 점심을 걸러야 했다.

✳ ✳ ✳

숙소로 돌아온 코니와 빌리, 디나는 위쪽 코니의 침대에 함께 앉아 있었다. 다시 천천히 기운이 되돌아왔다.

"마르크가 그 사진들을 진짜 학교 신문에 실을까? 어떻게 생각해?"

디나가 물었다.

"진심일 거야."

코니가 풀이 죽은 목소리로 말했다.

"우리가 이 저질 사진을 빨리 빼앗아야 해."

빌리가 한숨을 쉬었다.

"그래. 그런데 어떻게?"

그때 안나가 방 안으로 뛰어 들어왔다. 문 앞에 서 있다가 바로 그 말을 기다렸다는 듯이 뛰어 들어온 거였다.

"우리에게 그 사진을 찾을 좋은 생각이 있어."

안나가 당당한 목소리로 이야기했다.

"우리? 누구?"

코니가 믿을 수 없다는 듯이 안나를 쳐다보았다.

코니의 가장 친한 친구 안나는 안경 뒤에 야네테처럼 화려하지는 않지만 초록색 눈화장을 하고 있었다.

"아, 야네테와 자스키아, 아리아네와 그리고 나."

안나가 머뭇거리며 말했다.

"아하!"

코니가 말했다. 별로 감탄하지는 않은 목소리였다.

"야네테는 우리가 힘을 합해야 한대. 다른 것은 관두고라도 남자 아이들에 맞서서 우리 여자 아이들이 단결해야 한다는 거야."

"걔가 그렇게 말했다고?"

"코니, 너는 왜 야네테를 싫어하니? 네가 생각하는 것보다 걔는 훨씬 친절하다니까. 걔가 우리랑 어울리고 싶어 하는 것은 좋은 일이잖아."

코니는 아무 대답도 하지 않았다.

"그렇게 되면 우리 사이에 싸움도 더는 없어질 거야. 그것이 나쁜 일은 아니잖아?"

빌리가 곰곰 생각하며 말했다.

디나는 고개를 저었다.

"믿을 수 없어."

"그런데 무슨 좋은 생각이 있다는 거야?"

코니가 망설이면서 물었다.

"오늘 저녁에 야네테가 남자 아이들을 밖으로 불러 낼 거야. 자스

키아와 아리아네가 도울 거고. 다들 밖에 나가자마자 야네테가 아리
아네의 핸드폰으로 내게 전화를 할 거야. 그럼 우리가 남자 아이들
방으로 들어가서 마르크의 사진기를 훔쳐 내는 거지."

안나가 밝은 표정으로 말했다.

"멋진 생각이지, 안 그래?"

"야네테는 남자 아이들을 어떻게 꾀어낸다는 거야?"

빌리가 물었다. 안나는 어깨를 으쓱했다.

"상관없지, 뭐. 야네테는 어떻게든 해낼 거야. 우리는 그게 성공한
다음에 방으로 들어갈 거니까."

안나는 다시 밝은 표정으로 말했다.

"아리아네가 자기 핸드폰을 빌려줬어."

안나는 다시 말했다. 모두들 제대로 들었는지 확실히 하기 위해서.

"좋아."

코니가 밋밋하게 말했다. 코니에게는 야네테와 엮이는 것이 조금
도 마음에 들지 않았다. 그렇지만 한편으로는 코니 또한 그 사진을
훔쳐내고 싶었다. 새파래진 얼굴로 배 난간에 매달려 있는 사진은 끔
찍하게 보일 것이다. 생각도 하기 싫었다.

안나는 안절부절못했다.

"자, 가자! 저 아래 해변에서 야네테가 너희들을 기다리고 있어.
의논을 좀 하자고."

"나도 남자 아이들에게 맞서서 우리가 힘을 합해야 한다고 생각
해."

빌리가 말했다.

코니는 싫었지만 침대에서 몸을 일으켰다.

"어쩔 수 없지."

코니가 한숨을 쉬었다. 디나는 위쪽에 앉아 있었다.

"걔네들은 분명 내가 없기를 바랄 거야."

디나가 중얼거렸다.

"쓸데없는 소리! 너도 우리 중의 하나잖아."

코니가 말했다.

"맞아. 야네테도 특히 너에 대해 이야기했어."

안나가 확인해 주었다.

"내 이야기를?"

디나는 믿을 수 없었다.

그렇게 해서 넷은 해변으로 달려 나갔다.

"안녕?"

야네테가 선글라스를 위로 밀어 올렸다.

"안나가 너희들에게 이야기를 다 해 줬어?"

빌리가 고개를 끄덕했다.

"무슨 꿍꿍이니?"

코니가 물었다.

"꿍꿍이?"

야네테가 무슨 말인지 이해를 못했다.

"응, 무슨 꿍꿍이로 이러는 거냐고?"

"그런 거 전혀 없어."

야네테가 기분이 상했다는 듯이 말했다.

"나도 너희처럼 기분 나쁜 사진들을 빼앗으려고 하는 것뿐이야. 그리고 내 생각은 남자 아이들에게 뭔가를 보여 주기 위해서라도 우리가 힘을 합치자는 거야. 그런 것을 걸 파워라고 부르지."

"코니는 영어 못하잖아."

자스키아가 킥킥거렸다. 코니는 그 말이 몹시 귀에 거슬렸지만 못 들은 체했다.

"한 가지만 묻자. 남자 아이들을 방에서 어떻게 꼬여 낼 거니?"

코니가 물었다.

"그건 나한테 맡겨 둬."

야네테가 거만하게 말했다. 코니는 아무 말도 하지 않았다. 공동 작전을 편다고 해서 야네테가 친한 친구가 될 일은 없었다. 그것만은 분명했다.

"어떻게 할 거야? 같이 할 거야, 말 거야?"

코니는 빌리를 바라보았다. 빌리가 고개를 끄덕였다. 디나도 좋다고 했다.

"좋아. 같이 한다."

코니가 말했다.

"그럼 모든 게 결정됐어!"

야네테가 만족스러운 듯이 씩 웃었다.

"준비가 되면 우리가 안나에게 전화할게. 10시 반 정도면 될 거야."

"사진기를 방에서 꺼내 오는 것쯤이야 일도 아니지. 마르크는 사진기를 가방에 숨겨 놓았을 거야."

아리아네가 삐죽거리며 말했다. 자스키아의 교정틀이 번쩍거렸다.

"아니면 선반 위 팬티들 사이에 있겠지."

야네테가 쇳소리를 내며 웃었다. 코니가 눈에 잔뜩 힘을 주고 이마를 찌푸렸다.

"걱정하지 마. 어쨌든 찾아낼 테니까."

"맞아! 잘될 거야."

안나가 즐거운 소리를 질렀다.

"자, 그럼!"

야네테가 주먹을 공중으로 들어올리고는 다시 한번 소리를 질렀다.

"걸 파워!"

"걸 파워!"

다른 아이들도 따라서 소리를 질렀다. 코니도 기어들어가는 목소리로 따라 했다.

멋지다! 오늘 진짜 바다표범을 보았다. 발표도 잘했다. 돌아오는 길에 모두들 뱃멀미. 마르크가 사진을 찍었다. 오늘 저녁 마르크의 사진기를 훔치기 위한 걸 파워 작전! 그것도 야네테와 함께(우웩!)

배신자 9

슈테른 선생님이 9시 반에 첫 번째 순찰을 할 때, 코니와 안나, 빌리, 디나는 침대에 누워 있었다. 아이들은 아직까지도 옷을 다 입고 있다는 것을 들키지 않기 위해서 코까지 이불을 덮고 신발만 벗고 있었다.

"잘 자. 좋은 꿈 꿔."

슈테른 선생님이 말하고는 늘 그랬듯이 불을 껐다.

"안녕히 주무세요, 슈테른 선생님."

코니는 최대한 진지하게 말하려고 애를 썼다.

정각 10시가 되자 린트만 선생님이 복도를 돌아보았다. 보통이라면 린트만 선생님은 모두 조용한 경우에는 더 이상 방 안으로 들어오지 않았다. 그래도 여자 아이들은 다시 한번 침대 속으로 들어가 누워 있었다.

"쉿!"

복도에서 발걸음 소리가 들리자 코니가 소리를 냈다. 모두들 긴장해서 귀를 기울였다. 발걸음 소리가 천천히 가까이 다가왔다. 안나가 킥킥거리고 웃다가 깨어 있다는 것을 들키지 않으려고 손등을 꽉 깨물었다. 아무 소리도 내선 안 돼! 린트만 선생님이 지금 문 바로 앞에 서 있을 것이다. 잠깐 동안 쥐 죽은 듯 조용했다. 그러고 나서 선생님은 다시 다음 방으로 가는 것 같았다.

넷은 린트만 선생님이 마지막으로 돌아가는 소리가 들릴 때까지 몇 분 더 기다렸다.

"이제 가셨어. 자, 올라와!"

코니가 속삭였다. 빌리와 안나, 디나는 코니의 침대로 기어 올라왔다. 넷은 어둠 속에서 침대 위에 나란히 앉아서 기다렸다. 안나가 핸드폰을 켜서 손으로 꼭 쥐고 있었다.

"무슨 소리 안 들리니?"

디나가 갑자기 물었다. 모두들 귀를 기울였다. 멀리서 파도치는 소리가 들렸다. 낡은 집이 그렇듯이 여기저기서 삐걱거리는 소리도 들렸다. 그러나 나머지는 조용했다. 디나가 어깨를 으쓱했다.

"내가 잘못 들었나 봐."

빌리가 잠깐 동안 손전등을 켰다가 껐다.

"벌써 10시 반이 지났어."

"애들이 잠들었나? 아니면……."

코니가 말하고는 비난하는 듯한 눈으로 안나를 쳐다보았다.

"엄청 조용히 움직이나?"

코니가 말을 마쳤다. 안나는 만족스러운 듯 얼굴이 환해졌다.

"물론 애들은 조용히 움직이지. 야네테는 그런 짓을 정말 잘한다니까."

그 순간 핸드폰이 울렸다.

"비밀 작전 걸 파워."

안나가 재빨리 전화를 받았다.

"알았어. 곧바로 임무에 착수!"

안나가 조금 놀라며 말했다.

"뭐라고? 어디로 가야 한다고? 알았어. 좋아. 계획한 대로 실행. 안녕. 끊을게!"

안나가 핸드폰을 집어넣었다.

"오케이. 모든 일이 잘됐어. 이상 무!"

안나가 말했다.

"너희들 셋은 지금 가서 사진기를 가져와."

"너는?"

코니가 물었다.

"나는 빨리 해변으로 가야 해. 내가 있어야 한대."

안나가 자기 임무를 설명해 주었다.

"아마 남자 아이들을 지켜야 하나 봐."

코니와 빌리는 서로 눈길을 주고받았다.

"가자. 사진들만 생각해. 너희 셋이 하면 잘될 거야."

안나가 말했다.

"좋아."

코니는 디나, 빌리와 함께 침대에서 미끄러져 내려왔다. 아이들은 어둠 속에서 눈에 잘 띄지 않게 짙은 색 바지와 티셔츠를 입고 있었다. 그리고 사진기를 찾기 위해 손전등을 챙겼다.

안나는 운동화를 신고 창문을 넘어 밖으로 나갔다. 현관문은 10시면 잠기게 되어 있었다. 방이 일층에 있어서 다행이었다.

야네테와 자스키아, 아리아네의 소리가 밖에서 왜 들리지 않았는지 이제는 코니도 알 것 같았다. 걔네도 안나처럼 창문 밖으로 기어

나갔을 것이었다.

"잘해!"

안나가 속삭이고는 어둠 속으로 사라졌다. 코니와 디나, 빌리도 움직이기 시작했다. 아이들은 복도를 따라 맨발로 걸었다. 코니는 숨이 막히는 듯했다.

아이들이 마침내 마르크의 방에 도착했다. 코니가 귀를 쫑긋하며 무슨 소리가 나는지 들어 보았다. 빌리가 코니의 옆구리를 툭 쳤다.

"아무도 없나 봐!"

빌리가 속삭이며 말했다. 코니는 조용히 손잡이를 돌려서 방 안으로 쏙 들어갔다. 안은 칠흑같이 어두웠다. 코니는 손전등을 켰다. 불빛이 침대 하나를 비쳤다. 코니는 깜짝 놀랐다. 침대는 비어 있지 않았다. 누군가 침대에 누워 있었다. 파울이었다! 그리고 다른 침대에는 마르크가 있었다!

"음, 뭐야?"

마르크가 잠꼬대를 했다. 코니는 재빨리 손전등을 껐다. 그러나 너무 늦고 말았다.

"야, 거기 누구야?"

마르크가 벌떡 일어나서는 천장의 불을 켰다. 코니가 두 눈을 찌푸렸다. 이렇게 밝은 형광등 불빛이란!

"여자들이 쳐들어왔다!"

마치 다른 아이들은 아직 깨지 않은 듯이 마르크가 소리를 질렀다.

마르크는 코니를 향해 뛰어가서는 코니의 팔을 뒤로 비틀었다.

"아얏! 이것 못 놔!"

그러나 마르크는 들은 체도 하지 않았다. 빌리와 디나도 코니를 도
와줄 수 없었다. 파울이 빌리를 화장실에 가두고, 얀과 토비아스는
디나를 붙들고 있었다.

"너희들 여기서 뭘 하고 있었던 거야?"

마르크가 소리쳤다.

"뭐겠니? 네가 찍은 사진 가지러 온 거지."

파울이 말했다. 마르크가 씩 하고 웃었다.

"오호라, 너희들은 이곳으로 그저 쑥 들어와서는 사진들을 가져가
려고 했다 이거지? 우리가 멍청이인 줄 알았니?"

"멍청이 맞지, 뭐."

코니가 핀잔을 주었다. 마르크가 코니의 팔을 조금 더 비틀었다.

"정말 뻔뻔스럽네."

마르크가 소리를 빽 질렀다.

"조용히 해! 린트만 선생님이 오면 어쩌려고 그래?"

파울이 소리를 죽였다.

"올 테면 오라고 그래."

마르크가 소리쳤다.

"나, 벌써 왔는데."

린트만 선생님이 어느 새 문 앞에 서 있었다. 린트만 선생님은 초
록색 목욕 가운을 입고 가죽 슬리퍼를 신고 있었다.

마르크는 코니를 놓아 주고 선생님 쪽을 돌아보았다. 코니는 팔을
문지르면서 벼락이 떨어지기를 기다렸다. 그리 오래 기다릴 필요도
없었다.

"여자 아이들이 남자 아이들 방에? 그것도 이 시간에?"

"우리는 자고 있었어요. 그런데 여자 아이들이 갑자기 우리 방에 몰래 들어왔어요."

마르크가 투덜대기 시작했다.

"이 말이 맞니?"

린트만 선생님이 물었다. 코니는 발밑을 내려다보았다. 아주 살짝 고개를 끄덕였다.

"너도, 디나?"

린트만 선생님은 못 말리겠다는 듯이 고개를 저었다.

"그리고 빌리도? 너도 정말 이럴 줄 몰랐다."

빌리는 그러잖아도 작은 몸을 더욱 움츠렸다. 린트만 선생님은 화가 잔뜩 나서는 코니를 노려보았다. 아무것도 모르는 두 사람을 엉뚱한 방으로 데려온 것이 모두 코니 혼자만의 잘못이라고 생각하는 것 같았다.

"이제 너희들 방으로 돌아가! 내일 벌로 부엌일을 좀 해야 할 거야. 오전 내내 말이야!"

코니와 디나, 빌리는 최대한 빠른 속도로 그 자리를 벗어났다. 아이들이 가는 것을 보고 린트만 선생님은 남자 아이들에게 말했다.

"그리고 너희들도 이제 자. 잘 자거라."

방에 돌아와서 코니는 화가 잔뜩 나서 침대 기둥을 걷어찼다.

"이 계집애들이 우리를 속였어."

"우리를 완전 함정에 빠뜨린 거야. 분명히 지금 자기들 방에 앉아서 낄낄거리며 웃고 있을 거야."

빌리가 소리를 질렀다.

"안나가 개들하고 한패가 되다니."

코니는 너무나 화가 나 몸이 벌벌 떨렸다.

"좋아. 내가 단단히 복수해 주지."

말이 끝나자마자 코니는 다시 방 밖으로 뛰쳐나갔다. 그런데 곧바로 린트만 선생님의 품 안으로 뛰어 들어간 셈이 되었다.

"아직도 여기서 뭐하는 거니? 얼른 침대로 가!"

"저는 급히 화장실에……."

코니가 말을 하다 말고 갑자기 멈추었다. 화장실은 복도의 반대쪽 끝에 있었기 때문이다. 코니는 얼른 방으로 돌아왔다. 린트만 선생님이 뒤를 따라왔다.

"너희들 한 번만 더 내게 걸리면 다음 기차로 집에 보내 버릴 거야!"

선생님의 파충류 같은 눈이 번들거렸다.

"마지막으로 말하마. 잘 자거라!"

＊ ＊ ＊

안나는 바닷가에 서 있었다. 앞에 바다가 펼쳐져 있었다. 새까맸다. 바닷가를 후려치는 파도 소리가 들렸다. 머리 위에 수없이 많은 별들이 반짝이고 있었다. 온 하늘을 덮고 있었다. 그리고 저기! 유성 하나! 얼른 소원을 빌어야지. 안나는 두 엄지손가락을 꼭 누르고 깊이 숨을 들이쉬었다.

"야네테가 내 친구가 되게 해 주세요. 물론 코니도 함께!"

안나는 얼른 덧붙였다. 그런데 야네테는 도대체 어디 있는 걸까? 야네테와 자스키아, 그리고 아리아네가 앉아서 자기를 기다리고 있는 곳이라면 빛줄기 하나라도 비치지 않을까? 안나는 주위를 둘러보았다. 그러나 온통 어둠뿐이었다. 아마 들키지 않으려고 아이들이 불을 끈 것 같았다. 안나는 손전등을 켜서 크게 원을 그려 보았다. 하지만 멀리서 반짝이는 등댓불만 답을 보냈다.

"야네테!"

안나는 어둠을 향해 소리를 질러 보았다. 처음에는 작게, 나중에는 좀 더 크게. 그러나 아무 대답이 없었다. 야네테가 분명히 이곳 바닷가에서 보자고 했는데.

아마 아이들이 어딘가 다른 곳에 있는 의자에 앉아 있어서 안나가 있는 것을 보지 못한 것은 아닐까? 안나는 줄지어 있는 의자 옆을 따라 달려 보았다. 의자들은 대개 나무 울타리 안에 보관되어 있었고, 잠겨 있지 않은 울타리의 의자들은 비어 있었다.

"야네테, 자스키아, 아리아네!"

안나는 아이들 이름을 부르고 또 불러 보았다. 그러나 아무도 대답하지 않았다.

바닷가에 홀로 서 있는 것이 그리 편하지는 못했다. 안나는 빈 의자 하나를 찾아 앉았다. 안나는 가방에서 핸드폰을 끄집어 냈다. 야네테의 전화번호를 알면 얼마나 좋을까. 안나는 곰곰이 생각해 보았다. 아리아네는 틀림없이 야네테의 전화번호를 핸드폰에 저장해 놓았을 것이다. 엄마의 핸드폰을 보고 그것을 알게 되었지만, 안나는 엄마의 핸드폰을 자주 사용할 수는 없었다. 안나는 버튼 몇 개를 눌렀다. 아, 바로 여기에 있네! 'ㅇ' 안에 야네테의 전화번호가 있었다. 안나는 '통화' 버튼을 눌렀다. 신호가 가는 소리가 들렸다. 그러고 나서 목소리가 들렸지만, 야네테의 목소리가 아니었다.

"지금은 전화를 받을 수 없습니다. 나중에 다시 한번 걸어 주시기 바랍니다."

이런 젠장! 야네테가 자기 핸드폰을 꺼 놓은 것이다.

이제 어떡하지? 안나는 시계를 보았다. 벌써 30분 가까이 이곳에 있었다. 손전등 불빛도 점점 희미해져 갔다.

갑자기 날카로운 웃음소리가 들렸다. 귀신 웃음소리 같았다. 안나는 재빨리 의자 깊숙이 몸을 숨겼다. 검은 그림자 하나가 안나의 다리를 쓰다듬었다.

"하, 하, 하!"

안나는 화들짝 의자에서 일어섰다. 그것은 갈매기였다. 한순간도 이곳에 더 있고 싶지 않았다. 안나는 뒤돌아서서 해변가 길을 따라 마구 달렸다. 그러고는 모래 언덕 위를 향해 달렸다. 한 번도 되돌아보지 않고 숙소를 향해 달렸다. 안나는 재빨리 울타리를 뛰어 넘었다. 성공이다! 안나는 숨도 쉬지 못하고 제자리에 서 있었다.

자, 이제 빨리 방으로 돌아가는 거다. 내 방 창문이 어느 거였지? 안나는 너무 서두르는 바람에 계산해 보지도 않았다. 그러나 간단했다. 조금 열려 있는 창문일 것이었다. 안나는 담을 따라 내달렸다.

그런데 이럴 수가! 모든 창문은 꼭꼭 닫혀 있었다.

안나는 침착해지려고 애를 썼다. 세면장에서 두 번째 창문이 아니었나? 분명해! 세면장은 창문이 우유빛 유리였기 때문에 금방 알아볼 수 있었다. 안나는 창문 두 개를 더 지나 용기를 내서 창문을 두드렸다. 아무 반응이 없었다. 안나는 다시 한번 창문을 두드렸다. 이번에는 좀 더 강하게.

불이 켜졌다.

"마침내."

커튼이 올라갔다. 린트만 선생님이 창문을 열자마자, 안나는 번개처럼 가까운 수풀 뒤로 몸을 숨겼다.

"거기, 누구세요?"

린트만 선생님이 몸을 창밖으로 내밀고 물었다.

선생님은 잠깐 동안 기다렸다가 다시 창문을 닫았다. 안나는 불이 꺼지고 다시 조용해질 때까지 숨어서 기다렸다. 심장이 미친 듯이 뛰었다. 휴, 하마터면 큰일날 뻔했다.

"이런 바보!"

안나는 스스로에게 욕을 퍼부었다. 우윳빛 유리창은 화장실 유리창이었다. 세면장은 더 왼쪽에 있었다.

그래서 다시 처음부터. 안나는 다시 창문을 두드렸다. 여차하면 숨을 준비를 하고. 그런데 아무 일도 일어나지 않았다. 안나는 다시 한번 창문을 두드렸다.

"저리 가!"

안쪽에서 소리가 났다. 코니의 목소리였다.

"나야, 안나."

방 안은 여전히 조용했다.

"코니, 창문 좀 열어 줘. 나라니까!"

안나는 몇 번을 다시 두드렸다. 그러나 아무런 반응이 없었다. 안나는 어쩔 수 없다고 생각하고 창문으로 안을 들여다보려 했다. 그러나 커튼이 쳐 있었다. 안나는 하릴없이 정원에 서 있었다. 어떡하지, 이제? 마구 소리라도 지르고 싶었다. 야네테의 방이 옆방일 것이었다. 창문을 두드리자마자 자스키아가 창문을 열었다.

"들여보내 줘."

뒤쪽에서 야네테의 목소리가 들렸다. 안나는 방 안으로 기어 들어갔다.

"너희들 도대체 어디 있었니?"

안나가 물었다.

"너는 어디에 있었는데?"

자스키아가 되물었다.

"저기 바닷가에 있었지! 그런데 너희들은 흔적도 없던데?"

"우리가 서로 엇갈렸나 보다."

야네테가 뻔뻔스럽게 거짓말을 했다. 안나는 숨을 깊이 마시고 나서 중얼거렸다.

"뭐, 괜찮아."

중요한 것은 자기가 다시 숙소로 돌아왔다는 것이었다.

"그런데 사진은 가지고 나왔니?"

안나가 조금 뒤에 물었다. 세 여자 아이는 킥킥거렸다.

"왜 그래? 무슨 일인지 얼른 이야기해 봐!"

안나가 어리둥절해서는 말했다.

"사진이 문제가 아니지."

아리아네가 너무 웃다가 딸꾹질을 했다.

"그럼 뭐가 문젠데?"

"코니가 문제지."

"코니가?"

안나는 이해할 수가 없었다.

"우리가 코니에게 작은 장난을 좀 쳤지."

야네테가 설명해 주었다.

"우리는 남자 아이들을 전혀 꾀어내지 않았거든. 남자 아이들은 계속 자기네 방에 있었단다."

"뭐라고?"

자스키아와 아리아네, 야네테는 다시 킥킥거리며 웃었다.

"우리는 너만은 끌어들이고 싶지 않았어. 그래서 너를 바닷가로 보낸 거야. 네가 화를 내지 않았으면 좋겠구나."

야네테가 말하고는 커다랗고 충성스런 개를 보듯 안나를 바라보았다. 안나는 할 말을 잃었다.

"음, 아니야. 아니야, 괜찮아."

그러고는 마침내 말을 이었다.

"그런데 너희들은 왜 코니를 속였니?"

"아, 걔는 항상 너무 잘난 체를 하니까 그렇지. 자기가 늘 더 잘 아는 체……."

아리아네가 가볍게 말을 던졌다.

"그렇게 생각하니?"

안나가 물었다. 코니는 자기의 가장 친한 친구가 아닌가!

"코니가 린트만 선생님한테 안 들켰으면 좋겠는데."

그러고 다시 중얼거렸다.

"물론 들켰지!"

세 여자 아이는 푸하하하고 웃음을 터뜨렸다. 안나는 입술을 꼭 깨물었다.

"그럼 나는 이제 침대로 돌아가야겠다. 잘 자."

낮은 목소리로 안나가 말했다. 안나는 살금살금 자기 방으로 향했다. 그런데 문을 열려고 하자, 문이 열리지 않았다. 누군가 안쪽 손잡이 밑에 의자라도 대어 놓은 것 같았다.

"나야. 들어가게 해 줘."

안나가 속삭이며 말했다. 대답이 들릴 때까지는 조금 시간이 걸렸다.

"그럴 생각이 없어."

안쪽에서 코니가 말했다. 약간 둔하게 들렸지만 코니의 목소리가 분명했다. 틀림없이 바로 문 뒤에 서 있었다.

"너하고는 이제 말도 섞기 싫어. 배신자!"

"너희들, 일부러 창문을 닫았잖아. 너희들 미쳤니?"

안나가 씩씩거리며 말했다.

"네가 미쳤지. 우리를 그런 함정에 빠뜨리다니. 나는 네가 내 친구인 줄 알았어!"

코니가 맞받아쳤다.

"나는 그렇게 될 줄 정말 몰랐어."

안나가 변명을 했다.

"뭐를 몰라? 함정을 몰랐다고? 그런데 지금은 어떻게 아는데?"

코니가 앙칼진 목소리로 물었다.

"야네테가 말해 줘서 알았어."

"그것 봐!"

"아니, 이제야 알았어. 일이 다 끝나고서야."

"그 말을 나보고 믿으라고? 린트만 선생님이 들어왔을 때, 빌리하고 디나, 그리고 나는 남자 아이들 방 한가운데에 서 있었어. 우리는 내일 부엌일도 해야 한단 말이야. 아주 잘됐지, 안 그래?"

"미안해."

안나가 우물거리며 말했다.

"아, 그만 둬!"

"이제 나 좀 들여보내 줘."

안나가 속삭였다. 추웠다. 그리고 정말 피곤했다.

"안 돼!"

안나도 천천히 화가 나기 시작했다.

"이 방은 내 방이기도 해."

"그만 들여보내 주자."

"너 미쳤니, 빌리?"

코니가 빌리를 문에서 떼어 놓는 소리가 밖에 서 있는 안나의 귀에도 들렸다.

"우리는 더 이상 너에게 볼 일이 없거든!"

코니가 문에 대고 안나를 향해 소리를 질렀다.

"넌 네가 좋아하는 야네테 옆에 가서 자면 되겠다!"

"그렇게 할게!"

안나도 같이 소리를 지르며 몸을 획 돌렸다. 다행히 다른 방에 침대 하나가 비어 있었다. 침대보도 씌워지지 않았지만.

＊ ＊ ＊

"오늘 설거지 당번은 다시 한번 코니와 디나, 그리고 빌리가 맡기로 한다. 당번들은 이미 알고 있겠지만 말이야."

아침을 먹고 나자 린트만 선생님이 모두에게 알렸다. 모두들 호기심 어린 눈으로 코니네를 바라보았다. 야네테는 씩 하고 비웃었다.

"재미들 봐!"

코니가 야네테 쪽을 바라보자 야네테가 들릴 듯 말 듯한 목소리로 말했다. 린트만 선생님은 아무것도 알아차리지 못했다. 린트만 선생님은 아이들을 한 바퀴 빙 둘러보았다.

"오늘 같은 날은 반짝이는 태양 아래에서 수영하는 날로 하면 아무도 반대할 사람이 없을 거 같은데, 어떠니?"

모두들 환호성을 질렀다. 그러고는 수영복과 수영 모자 등을 챙기러 달려 들어갔다. 디나와 코니, 빌리만 남아서 탁자를 치우기 시작했다. 아이들은 덜걱덜걱 소리가 날 만큼 음식 접시들을 거칠게 쌓았다.

"그렇게 함부로 던지지 마라. 깨지기라도 하면 어쩌려고 그러니?"

여주방장이 경고를 했다. 그러나 코니는 진심으로 그런 것에는 상관이 없었다. 오늘 같은 날에는 차라리 뭔가 망가졌으면 싶었다. 어떻게 안나에게 그렇게 배신당할 수가 있단 말인가! 어제까지만 해도 안나는 자기의 가장 친한 친구였다. 그런데 지금은?

안나랑은 이제 한 마디도 안 할 테다! 절대로! 코니는 아무도 모르게 맹세하고는 잔뜩 쌓인 접시들을 그릇 카트에 던져 넣었다. 하필이면 그런 때 마찬가지로 화가 나 있는 안나가 나타났다.

"너희들이 나를 문 밖에 세워 둔 것, 절대로 잊지 않을 거야. 밖에서 죽을 뻔했단 말이야."

안나가 소리를 질렀다.

"여름에는 그럴 일 절대 없어!"

빌리가 참견하고 나섰다. 그러나 안나는 들으려고 하지 않았다.

"야네테가 너희들에게 장난을 조금 친 거야. 그게 어쨌다는 거야? 한밤중에 나를 밖에 세워 두는 것보다는 그렇게 나쁜 일은 아니잖아."

안나가 코니를 노려보았다.

"내가 어디에서 자든, 바닷가에서 자든, 다리 밑에서 자든, 베개 대신 개미 무더기를 베고 숲에서 자든, 너희한테는 아무런 상관이 없다, 이거지?"

안나 눈에서 눈물이 흘렀다.

"연극 그만해! 너는 야네테 옆에서 잤잖아."

코니가 반격을 하고는 꾹 참고 말을 더 이상 하지 않았다. 이미 안나랑 말을 해 버렸잖아. 젠장!

"그래, 침대보도 없는 침대에서 잤다."

안나가 코니를 노려보았다.

"그래도 야네테는 언제 장난을 그만두어야 할지 알고 있었어."

코니가 이마를 찌푸렸다.

"짐을 싸서 지금 야네테 방으로 갈 거야. 너희들하고는 이제 끝이야."

안나가 사나운 눈으로 아이들을 째려보았다.

"안나, 얼른 와!"

야네테가 문에 서 있었다. 수영복이 들어 있는 가방을 어깨에 느슨히 메고 있었다.

안나가 미소를 지었다.

"응."

안나가 맑은 소리를 냈다. 그러고 나서 안나는 코니를 돌아보았다. 미소는 싹 가시고 없었다.

"우리 우정은 끝이야. 영원히! 분명히 알아 두라고!"

"너, 제 정신이니?"

빌리가 깜짝 놀라서 안나의 등에 대고 소리를 질렀다. 그러나 안나는 뒤도 돌아보지 않았다.

"그냥 둬! 자기가 더 좋은 친구들을 찾았다고 생각하는데, 굳이 우리가 쫓아갈 필요는 없잖아."

코니는 자기와는 아무 상관도 없다는 듯이 듯이 어깨를 으쓱해 보였다.

"그렇게 상관없는 일이 아니잖아."

빌리는 당황해서 어쩔 줄 몰랐다. 디나 또한 묘한 표정으로 코니를 바라보았다. 식당 안이 갑자기 쥐 죽은 듯 조용해졌다.

"아니야. 나는 상관없어!"

코니가 말했다.

물론 거짓말이었다. 그러고는 아무도 알아차리지 못하게 그보다 더 중요한 일은 없다는 듯이 높이 쌓인 컵들을 카트에 실었다. 손으로 허리를 짚고 서 있던 빌리는 그 모습을 찬찬히 바라보았다.

"네가 얼마나 오랫동안 안나와 단짝이었지?"

비난이 잔뜩 담긴 말투로 빌리가 물었다. 빌리는 3학년 때 새로 전학을 왔다. 그때 이미 코니와 안나는 오래 전부터 친한 친구였다.

"잘 들어! 나는 안나에 대해 이야기하고 싶은 마음이 전혀 없어!"

코니는 남아 있는 접시에서 칼을 집어 들고는 커다란 식기 상자에 던져 넣었다. 덜그럭 소리가 크게 났다.

"걔는 더 이상 내 친구가 되기 싫어 하고, 나도 걔랑 더 이상 친구가 되기 싫어. 그럼 됐잖아."

"그래, 아주 멋지다!"

빌리가 빈정댔다.

"야네테가 잘못이지."

디나가 나서 보았다. 그러나 코니도 빌리도 대꾸를 하지 않았다.

아이들은 아무 말 없이 나머지를 치웠다. 그러고 나서 접시와 컵, 식기를 식기 세척기에 던져 넣었다. 그때마다 여주방장은 깜짝깜짝 놀라곤 했다.

"너희들은 이제 가도 돼. 여기서는 더 이상 할 일이 없단다."

여주방장은 그렇게 말하고는 아이들을 주방에서 쫓아내 버렸다.

"대신 너희들에게 줄 새로운 과제가 있다."

갑자기 어디선가 린트만 선생님이 나타나서 말했다. 린트만 선생님은 파란 쓰레기 봉투 세 개와 묘하게 생긴 집게를 들고 있었다.

"이것으로 밖에 나가 운동장과 정원을 깨끗이 청소하도록 해라. 사방에 쓰레기가 널려 있던데, 점심시간까지 끝내도록 해."

굉장하군. 코니는 입을 삐죽거리면서 쓰레기 봉투를 받아 들었다. 코니는 야네테의 목을 비틀어 주고 싶었다. 그리고 안나도…….

문에서 린트만 선생님이 다시 한번 뒤를 돌아보았다.

"그리고 선크림 잊지 말아라. 밖은 엄청 더우니까."

"그럼 우선 선크림이나 제대로 바르자."

빌리가 말했다. 아이들은 방으로 갔다. 안나의 침대 위에는 이불보도 없이 매트만 놓여 있었다.

"안나가 정말로 방을 옮겼나 보네."

디나가 끙 소리를 냈다.

"잘됐지, 뭐. 일 초도 개랑 있기 싫었는데."

코니가 씩씩거리며 이야기했다.

"이제 그만 진정해라, 응?"

빌리가 코니의 손등에 선크림을 발라 주었다.

코니가 한숨을 쉬었다. 그러고 나서 자기 손으로 선크림을 문질렀다. 코니는 물론 빌리와 디나도 서둘러서 밖으로 나가려는 기색이 없었다. 아이들은 방을 조금 정리한 다음, 비스킷 몇 개를 먹었다.

"누구 초콜릿 가진 사람 있니?"

빌리가 물었다.

코니와 디나가 고개를 저었다. 안나는 언제나 가지고 있었는데. 그러나 지금 누가 안나의 초콜릿을 먹고 싶어 할까?

"자, 나가자."

코니가 작정한 듯 말했다.

아이들은 정원부터 치우기 시작했다. 집게로 하려니까 오히려 더 쉽지가 않았다.

"이것 참, 사람 미치게 만드는 일이구나."

코니도 다른 두 아이와 마찬가지로 가끔씩 손을 사용해야 했다. 그런데 조금 연습을 하고 나자 척척 잘해 내게 되었다. 작은 사탕 껍질도 쉽게 집을 수 있었다.

"이것 봐라. 너희도 이렇게 할 수 있니?"

디나가 빈 소금 종이 주머니를 위로 던지더니 공중에서 집게로 낚아챘다. 코니와 빌리가 킥킥대며 웃었다.

"익!"

코니가 인상을 쓰면서 누군가 빨아먹다 버린 막대 사탕을 들어올렸다.

"이건 분명히 야네테 짓이야."

"맞아. 막대 사탕 없다면 걔네들은 못 살 거야."

디나가 씩 웃었다.

"침이 잔뜩 묻은 막대 사탕 몇 개를 걔 베개 밑에 넣어 두면 어떨까?"

코니가 말했다.

"아, 우리가 걔를 화나게 하면 걔는 더 좋아할 거야. 걔는 그냥 무시하는 게 가장 좋아. 그렇게 하면 더 못 견딜걸."

빌리가 말했다.

"네 말이 맞아."

코니는 한숨을 쉬면서 막대 사탕을 쓰레기 봉지 속에 집어넣었다. 쓰레기 봉지는 차츰 속이 차 갔다.

디나가 주위를 둘러보았다.

"이제 정원은 끝난 거 같은데."

아이들은 함께 운동장으로 건너갔다. 모래밭에는 온갖 물건이 잔뜩 떨어져 있었다. 엄청난 양의 하드 막대, 유리 조각, 병뚜껑, 부러진 볼펜, 껌 종이, 심지어는 담배꽁초도 몇 개 있었다. 숙소 여주인이 아이들에게 다가왔다.

"너희들이 청소를 도와주니 정말 좋구나."

여주인이 환하게 웃으면서 말했다. 여주인은 아이스크림 세 개를 들고 있었다.

"자, 여기! 너희들 이제 그만 쉬어도 되겠다."

"감사합니다."

아이들이 즐거워했다. 초콜릿 아이스크림. 지금 딱 있으면 좋을 것이었다. 아이들은 커다란 단풍나무 그늘에서 아이스크림을 먹기 위해서 정글짐 위로 획 뛰어올랐다.

코니는 다리를 흔들거리며 앉았다. 맛있는 초콜릿 아이스크림을 먹고 있으니까. 기분이 금세 나아졌다. 이제 안나 생각은 그만!

"마르크의 사진을 훔쳐 낼 방법이 없을까?"

코니가 다른 생각을 하려고 말했다.

빌리가 곰곰 생각에 잠겨서 코를 문질렀다.

"걔 사진기를 훔쳐 내면 금세 우리가 훔친 것이라고 알걸."

"마르크가 눈치 못 채게 어떻게든 해 봐야지."

코니가 아이스크림을 한 입 베어 먹었다.

"어떻게 해?"

빌리가 물었다.

"그냥 필름만 빼와 버리면 되지 않을까?"

디나가 의견을 내놓았다.

"그게 가능할까? 그 사진기는 일회용이잖아. 그리고 어쨌든 마르크가 눈치를 채지.”

빌리가 말했다.

셋은 잠깐 동안 다시 생각에 잠겼다. 그러나 아무도 그럴 듯한 해결책을 내놓지는 못했다.

“린트만 선생님이다!”

코니가 갑자기 속삭였다.

해변가 길을 따라 린트만 선생님이 숙소 쪽으로 돌아오고 있었다. 아이스크림은 오래전에 다 먹었다. 코니와 빌리, 그리고 디나는 정글짐에서 재빨리 뛰어내려 쓰레기 봉지를 집어 들었다. 아이들은 부지런히 쓰레기 조각과 과자 봉지를 찾았다. 그때 린트만 선생님이 운동장에 모습을 드러냈다.

“아주 깨끗해졌구나. 오늘은 이만 해도 되겠어.”

린트만 선생님이 부드러운 목소리로 말했다.

코니와 빌리, 디나는 놀라서 서로를 쳐다보았다.

“마지막으로 한 가지 부탁이 더 있다. 저 위에 있는 슈퍼마켓에 가서 마시멜로가 있는지 보고 올래? 오늘 저녁에 모닥불을 피우려고 하거든. 구운 마시멜로가 정말 맛있잖니!”

“예, 다녀오겠습니다.”

코니가 얼른 대답했다. 코니도 마시멜로를 좋아했다. 특히 불에 구워서 잔뜩 부풀고 부드럽게 된 마시멜로가 좋았다.

“좋아. 다섯 봉지면 되겠지?”

린트만 선생님이 아이들에게 돈을 주었다.

“물건을 사고 나면 너희도 수영을 하러 가도 좋다. 알겠니?”

셋은 고개를 끄덕했다.

"감사합니다."

빌리가 중얼거렸다.

"린트만 선생님은 정말 괜찮은 사람이야."

슈퍼마켓으로 걸어가는 길에 빌리가 말했다.

"하긴 뭐."

코니가 어깨를 으쓱했다. 이제 바다로 나갈 수 있다고 생각하니 린트만 선생님이 매우 친절하다는 생각까지 들기도 했다.

모퉁이에 있는 커다란 슈퍼마켓에는 없는 게 없었다. 물론 마시멜로도 있었다. 그리고 뭔가도 거기 있었다. 앞쪽 계산대 옆에 일회용 카메라가 들어 있는 커다란 상자가 있었다.

"이것 봐. 마르크도 이런 것을 갖고 있는 거지?"

코니가 물었다.

빌리가 하나를 집어 들어서 찬찬히 살펴봤다.

"맞아. 걔도 여기에서 샀나 봐."

"그럼 우리도 여기서 하나 사자."

코니가 씩 웃었다.

빌리는 무슨 말인가 했다.

"왜? 너도 사진기 가져왔잖아."

그러나 디나도 씩 웃었다.

"말해 봐. 새 사진기를 마르크에게 주려는 거니?"

"응, 사진기 두 대를 살짝 바꿔치기하는 거지. 그럼 마르크는 우리가 사진들을 갖고 있다는 것을 전혀 눈치채지 못할 거야."

코니가 활짝 웃었다.

"멋진 생각이야!"

빌리가 웃으면서 지갑을 뒤적거렸다.

"자, 돈들 내놓아 봐."

숙소로 돌아오는 길에 아이들은 어떻게 하면 좋을까 곰곰이 생각해 보았다.

"우선 사진을 몇 장 찍자고. 사진기가 새것이라는 것을 금방 눈치채지 못하게. 이리 줘 봐."

빌리가 말했다.

빌리는 길가의 꽃을 찍었다. 하늘을 나는 갈매기도 찍고 숙소 사진도 찍었다.

"마르크가 사진을 현상해 보고 생판 처음 보는 사진을 받으면 깜짝 놀랄 거야."

"그 멍청한 얼굴이 눈에 선하다."

디나가 킥킥거렸다.

"개가 볼 때, 우리 사진이 몇 장 있으면 어떻겠니? 자, 빨리 찍어!"

코니가 혀를 쏙 빼물었다.

"안 돼. 그럼 우리가 사진기를 바꿔쳤다는 걸 개가 알게 되잖아."

빌리가 말했다.

"그럼 어때? 집에 가서야 알게 될 텐데. 그때는 너무 늦지."

코니가 웃었다.

"걔를 무서워할 필요 없어. 누가 자기를 속여 먹었는지 알아도 돼."

"맞아. 몰라야 할 필요 없지."

빌리가 웃으면서 의기양양해 하는 코니의 사진을 찍었다. 그러고 나서 코니도 빌리 사진을 찍었다.

"자, 디나. 네 차례야!"

"꼭 이래야 하니?"

디나가 겁먹은 목소리로 물었다.

"그럼 어때?"

코니가 디나에게 힘을 내라는 뜻으로 눈을 찡긋했다.

"마르크는 우리 사진을 어떻게 해서든 찍으려고 했어. 아무도 강요하지 않았다고. 그 반대였지. 그런데 우리 사진 몇 장 가지게 하면 어떠냐고."

"걔는 새 사진들을 보면 눈이 휘둥그레질 거야."

빌리가 쿡쿡 웃었다.

"자, 우리 셋이 같이 한 번 찍자."

코니가 말했다. 코니는 사진기를 찬찬히 살펴보았다.

"쩝, 타이머 기능이 없어. 그럼 이렇게 하자."

코니는 빌리 옆에 섰다.

"자, 디나. 마르크가 모든 것을 제 마음대로 할 수는 없다는 것을 보여 주자고."

"좋아!"

디나가 마침내 마음을 고쳐먹었다.

코니가 사진기를 쥔 팔을 쭉 뻗었다. 그리고 셋은 사진기를 향해 우스꽝스런 표정을 지었다. 찰칵! 코니는 셔터를 눌렀다.

"이제 됐어!"

숙소에서 코니는 사진기를 수영 가방 안에 넣었다. 셋은 재빨리 수영복으로 갈아입고 바다를 향해 나아갔다.

"너희들, 좋은 구경을 놓쳤어!"

아이들이 바닷가에 도착하자, 파울이 씩 웃었다.

"오늘 아침 우리는 해파리하고 혈전을 벌였는데."

"거짓말!"

코니는 아무 표정도 없이 이야기했다.

"너희들은 재수가 없다니까. 이제 해파리들은 모두 가 버렸어."

파울은 여전히 웃고 있었다. 코니와 아이들도 한밤중에 남자 아이들 방에 숨어 들었으니 뭐라 할 말이 없었다.

"아까워라!"

코니는 해파리를 놓친 것이 정말로 안타까운 것처럼 굴었다. 디나는 믿을 수 없었다. 해파리? 우웩!

파울이 조금 멀리 가자마자 코니가 킥킥댔다.

"그까짓 게 뭐가 아까워? 너흰 해파리를 보고 싶니?"

"웩! 아니, 됐어!"

빌리가 인상을 썼다. 디나는 마음이 놓인 듯 빙긋이 웃었다.

"나는 네가 정말로 실망했는 줄 알았잖아."

"그 미끈거리는 것들 때문에? 천만에!"

코니가 웃었다.

디나는 바다를 보았다.

"아직도 해파리가 남아 있을까?"

"곧 알 수 있을 거야."

빌리가 얕은 물속을 걸어갔다.

"여기는 아무것도 없어. 그럼 저 멀리도 아무것도 없을 거야."

"틀림없니?"

디나가 물었다.

"물론이지. 안 그러면 안나가 절대 안으로 안 들어갔을 거야. 내가 그것을 분명히 알고 있지."

코니가 말했다.

바닷속에서 아이들과 멀지 않은 곳에, 야네테와 자스키아, 아리아네가 분홍빛 매트 위에 앉아 있고, 안나가 매트를 끌고 있었다.

"자, 빨리, 안나!"

야네테가 쇳소리를 질렀다. 안나가 푸 하고 물을 내뿜었다. 물을 한 바가지는 먹은 것 같았다.

"나도 매트 위로 올라가면 안 될까?"

"안 돼. 한 사람은 끌어야지, 안 그러면 재미없잖아!"

아리아네가 말했다.

"하지만 내내 나만 끌었잖아. 잠깐 바꾸면 안 되겠니?"

안나가 숨을 헐떡이며 말했다.

"나중에!"

야네테가 소리를 질렀다.

"빨리 끌어당겨, 게으름 피우지 말고!"

코니가 빙긋이 웃었다.

"안나가 아주 멋진 친구들을 새로 사귀었군!"

코니가 빈정거렸다. 코니는 빌리와 디나의 어깨에 팔을 둘렀다.

"나는 너희들이 있어서 정말 기뻐!"

이 말이 끝나자 셋은 물속을 달려나가 파도 속으로 몸을 던졌다. 나중에 셋은 선크림을 넉넉히 바르고 모래밭에 수건을 깔고 그 위에 누워 있었다. 아이들은 남자 아이들을 살짝 훔쳐보았다.

"마르크가 사진기를 가져왔을까?"

디나가 물었다.

"가져왔을 거야. 아마 배낭 속에 있을걸."

빌리가 말했다. 코니가 자기 가방을 툭툭 두드리며 장담을 했다.

"우리처럼."

아이들은 안절부절못하며 사진기를 바꿔치기할 적당한 기회를 노렸다. 그것도 모른 채 남자 아이들은 모래밭에 누워서 카드놀이를 하고 있었다.

"쟤들은 수영도 하러 가지 않나?"

코니는 자기의 훌륭한 작전을 얼른 실행하고 싶어서 견딜 수가 없었다.

바로 그때, 파울이 자리에서 일어났다. 그러나 다른 남자 아이들은 그대로 누워 있었다. 파울도 아이스크림을 사러 잠깐 옆 가게에 갔을 뿐이었다.

다시 실패! 코니는 눈을 여기저기 휘휘 돌렸다.

마르크는 자기 배낭을 집어들었다.

"주의, 이제 사진기를 꺼내려나 봐."

디나가 흥분한 목소리로 속삭였다.

그랬다. 마르크는 사진기를 꺼내 친구들이 아이스크림 먹는 장면을 찍었다. 그리고 나서 마르크는 사진기를 옆에 있는 수건 위에 올려놓았다.

"가자, 좋은 기회야."

코니가 작정한 듯이 머리끈을 졸라맸다.

"우리 이렇게 하자."

코니는 디나와 빌리에게 귓속말로 자기 계획을 설명했다.

아이들은 천천히 남자 아이들 있는 쪽으로 건너갔다.

"어젯밤에는 미안했어. 정말 우리가 멍청한 짓을 했지."

코니가 말했다. 마르크와 다른 아이들이 놀라서 쳐다보았다.

"너희들은 그래서 벌을 받았잖아. 청소는 잘했니?"

마르크가 빙그레 웃었다.

"쓰레기를 치웠어."

빌리가 조금 과장되게 한숨을 쉰다고 코니는 생각했다. 그러나 남자 아이들은 큰 소리로 웃음을 터뜨렸다.

"쓰레기를 치웠다고! 그거야 더 잘됐구나!"

빌리는 파울의 잠수 기구들을 찾았다.

"물고기 보았니?"

빌리가 진지하게 관심을 보였다.

"아니, 흙탕물뿐이었어."

파울이 말했다.

빌리가 고개를 끄덕였다. 빌리도 잠수를 해 봤지만, 물고기를 많이는 보지 못했다. 코니가 우연히 그런 것처럼 마르크의 사진기를 집어들었다.

"이 사진기에도 플래시가 달려 있니?"

코니가 물으면서 카메라를 바로 빌리에게 건네주었다.

"이 사진기 좀 봐. 꽤 괜찮아 보이는데."

마르크가 웃었다.

"헤이, 그것 당장 이리 내놔."

마르크가 소리를 질렀다.

"그래, 그래. 너무 재촉하지 마."

코니가 말하고는 마르크를 달래듯이 어깨를 툭툭 쳤다.

"저기 봐, 고래야!"

디나가 갑자기 소리를 질렀다. 모두들 몸을 돌려 바다쪽을 바라보았다.

"어디 있어?"

파울이 물었다.

"저 뒤에. 아주 잠깐 동안 떠올랐어. 꼭 고래 같았어."

디나가 수평선 쪽을 가리켰다.

남자 아이들은 목을 길게 뺐다. 그러나 파도 말고는 아무것도 보이지 않았다.

디나가 어깨를 으쓱했다.

"이제 가 버렸어."

그 사이에 빌리는 번개처럼 자기 수건 아래쪽에서 사진기를 바꿔 치기했다. 그러고는 코니에게 새 사진기를 건네주었다.

"나쁘지 않은데. 나도 이런 거 하나 살까 봐."

마르크가 뒤를 돌아보았다.

"이제 사진기 줘."

"자, 여기 있어."

코니가 마르크에게 사진기를 주었다.

"한 번 볼 수도 있지 뭘 그러니?"

"보는 건 괜찮지. 하지만 그 이상은 안 돼."

마르크는 사진기를 배낭 속 깊숙이 집어넣었다. 코니는 웃지 않으려고 애를 써야 했다.

"그래. 재미있게 보내라."

코니가 말하고는 빌리와 디나와 함께 그 자리를 벗어났다. 아이들은 훔친 물건을 안전한 곳에 당장 가져다 놓으려고 서둘러서 짐을 쌌다. 사진기는 낡은 티셔츠에 꽁꽁 싼 다음, 자물쇠가 달린 가방 안에 숨겨 놓았다.

세 아이의 얼굴에서는 웃음이 가시지 않았다.

"그 고래 이야기는 정말 멋진 아이디어였어."

빌리가 킥킥댔다.

"모두들 멍하니 바다만 바라봤잖아. 아무도 눈치를 못 채더라고. 아무도"

코니가 씩 웃었다.

저녁 식사 때까지는 아직 시간이 있었다. 코니는 여행 가방에서 일기장과 연필을 꺼낸 다음 혼자서 바닷가로 달려갔다. 이 시간에는 거의 아무도 없었다. 의자들도 비어 있었다. 몇몇 사람들이 바닷가를 따라 달리고 있었다.

코니는 뒤쪽에 있는 의자들 가운데 하나에 몸을 숨겼다. 모래 언덕 쪽이든 바다 쪽이든 어느 쪽에서도 안 보이게 의자가 놓여 있었다. 그것이 마음에 들었다.

코니는 일기장을 펼쳤다.

승리 : 우리는 마르크의 사진기를 바꿔치기했다!! 그것도 바로 보는 눈앞에서. 그리고 그 멍청이는 아무것도 눈치채지 못했다.

코니는 일기장을 다시 집어 넣으려 했다. 그런데 갑자기 망설여졌다. 안나와 있은 일에 대해서는 한 마디도 쓰지 않았다. 코니는 한숨을 쉬면서 다리를 끌어안고 머리를 무릎 위에 놓았다. 곰곰 생각해 봐야 했다. 잠깐 동안 눈을 감았다. 그러고 나서 결심한 듯이 연필을 쥐었다.

안나는 더 이상 내 친구가 아니다. 오늘 이후, 아니 더 정확히 말하면 어제 저녁부터⋯⋯.

일기를 쓰기 시작하자 좀처럼 멈출 수가 없었다. 멀리서 저녁 식사 시간을 알리는 종소리가 들릴 때까지 코니는 두 페이지 가득 일기를 썼다. 어쨌든 그전에 끝나서 다행이었다. 코니는 일기장을 덮었다. 할머니 말씀이 맞았어, 코니는 숙소로 돌아가면서 생각했다. 마음속에 있던 말을 모두 일기장에 쓰고 나니 왠지 정말로 마음이 편해지는 것 같았다.

하루가 그렇게 안 좋게 시작하더니, 끝날 때는 아주 좋았다.

사진기 작전을 성공시킨 다음 당당하게 코니와 빌리, 디나는 저녁에 다른 아이들과 함께 모닥불 주위에 앉았다. 머리 위에는 별들이 빛나고 있었다. 슈테른 선생님은 무서운 이야기를 들려주었다. 아이들은 기다란 막대에 마시멜로를 끼워서 불에 구웠다. 마시멜로는 세 배 남짓 부풀고 거품도 많아졌다. 맛있게!

안나 생각만 하면 코니는 마음이 아팠다. 마치 바늘로 찌르는 것 같았다. 그러나 안나 생각을 안 하는 것도 그리 쉬운 일이 아니었다. 더구나 안나 또한 몇 자리 건너 모닥불 주위에 앉아 있는 것이 아닌가!

"다시는 멀미를 안 했으면 좋겠는데."

디나가 말하고는 아침으로 나온 빵을 묘한 표정으로 바라보았다.

"저번에 정말 죽을 뻔했어."

"나도."

코니도 씩 하고 웃었다. 오늘도 다시 파도가 높다는 말을 들은 것이었다. 아이들은 진짜 요트를 타고 해안을 따라 항해를 하기로 했다.

"너무 엄살들 부리지 마."

빌리는 요트 여행에 기대가 정말 컸다.

"요트를 타고 가면 쇠돌고래도 정말 많이 볼 수 있을 거야. 저번에 선장님은 그놈의 디젤 엔진으로 쇠돌고래들을 전부 쫓아 버렸잖아."

"맞아. 빌리와 쇠돌고래."

코니가 킥킥거렸다. 디나도 따라서 킥킥거렸다.

"좀 바보같이 들리지 않니? 쇠돌고래!"

디나는 가방에서 작은 스케치북을 꺼내서는 펼친 다음, 돼지코와 돌돌 말린 꼬리가 달린 고래(우리말로는 '쇠돌고래'지만 독일어를 직역하면 '돼지고래'이다.)를 그렸다.

"내가 상상하기로는 이렇게 생겼을 거 같아."

"야, 뭐야?"

빌리는 동물에 관한 한 전혀 농담을 할 줄 몰랐다.

"쇠돌고래가 멀미를 하면 이렇게 보일 거야!"

디나는 빠른 솜씨로 눈동자가 풀리고 혀가 축 늘어진 쇠돌고래 한 마리를 더 그렸다. 빌리도 이번에는 웃을 수밖에 없었다.

"별일 없을 거야."

코니가 말했다. 코니도 이제 요트 여행을 할 마음이 생겼다.

"안 그러면 마르크의 사진기를 다시 한번 바꿔치기하지 뭐."

코니가 빙그레 웃었다.

린트만 선생님이 다시 아이들을 이끌고 자전거를 타고 항구로 향했다. 코니와 디나, 빌리는 슈테른 선생님 옆에서 자전거를 탔다.

"너희들과 함께 수학여행을 하게 되다니 나는 정말 운이 좋구나."

슈테른 선생님이 웃었다.

"선생님을 수업 시간에 볼 수 없다는 것이 안타까워요."

디나가 말했다.

"누가 아니? 내가 수업 시간에 들어갈지도 모르지."

슈테른 선생님이 눈을 찡긋하고는 페달을 힘껏 밟았다.

부두 뒤편에 돛대가 두 개에 선실이 하나 있는 낡은 요트 한 척이 정박해 있었다. 아이들은 좁은 판자다리를 건너 항구의 지저분한 물 위를 건넜다.

"배에 오신 것을 환영합니다."

선장이 소리를 질렀다.

"자, 여러분이 오늘은 나의 선원들입니다."

선장은 빨간 수염을 비비 꼬면서 아이들을 둘러보았다. 그러고는 고개를 끄덕였다. 선장이 보기에 이렇게 엉터리 선원은 처음인 듯했다.

"지금부터 여러분은 나의 명령에 복종해야 합니다. 먼저 각자 구명조끼를 입으세요."

갑판에 서 있던 선원이 샛노란 구명조끼가 가득 든 커다란 상자를 열었다.

"오! 이것을 꼭 입어야 하나요? 저번에는 입지 않았잖아요?"

마르크가 신음소리를 냈다.

"이 배는 요트예요. 배가 방향을 바꿀 때 갑판에서 떨어질 수도 있어요."

야네테도 눈동자를 굴렸다.

"우리는 애가 아니잖아요."

"아니라고?"

선장이 텁수룩한 눈썹을 찡그리고 나서 짧게 씩 웃었다.

"모두들 잘 들어요. 나는 이 배의 선장이고 내 배를 타고 싶은 사람은 구명조끼를 꼭 입어야 합니다."

"수영을 할 줄 아는 사람도 입어야 하나요?"

마르크가 한 번 더 확인하고 나섰다. 작은 목소리이긴 하지만.

선장이 마르크를 보았지만 무시했다. 한 마디만 더 하면 아주 혼을 내 주겠다고 생각하는 것 같았다. 그러나 그 대신 선장은 말했다.

"전에도 누구 하나 빠져 죽을 뻔했다고!"

뭐라고? 끔찍한 일이다. 코니가 조금 놀라서 물었다.

"그래도 괜찮았지요?"

"그래."

선장이 말했다.

"내가 바로 뒤따라 뛰어내려 건져냈지. 처음에는 늦었다고 생각했는데, 그래도 재빨리 물을 뿜어내게 했어. 북해 절반은 마신 것 같더라고."

모두들 아무 말 없이 듣고 있었다.

"그 사람이 다시 눈을 떴을 때 내 기분이 어땠겠어? 그런 경험은 다시 하고 싶지 않아. 그러니까 구명조끼를 입거나 아니면 배에서 내려."

선장이 자기 턱수염을 쓰다듬었다. 코니는 상자 있는 곳으로 가서 구명조끼 하나를 집어들었다. 그리고 빌리와 디나에게도 건네주었다. 선장은 모두가 구명조끼를 걸치고 제대로 단단히 조이기를 기다렸다.

"자, 이제 슬슬 떠나 볼까?"

선장이 중얼거렸다.

"정말 불편하네."

빌리가 투덜댔다. 구명조끼가 빌리에게는 너무 컸다.

"그리고 더워."

디나가 신음소리를 냈다.

맞는 말이었다. 이런 더위에는 입기보다는 벗어 던지고 싶었다.

"다리 걷어!"

그때 선장이 소리쳤다. 그러자 갑자기 조끼 따위는 더는 문제가 아니었다. 모두들 줄을 당기는 것을 도와야 했기 때문이다. 돛을 세울 때도 모두들 나서서 힘을 합해야 했다.

"영차!"

선장이 소리쳤다. 코니는 있는 힘껏 밧줄을 잡아당겼다. 벌써 여러 차례 바다에 나가 보았던 것 같은 느낌이 들었다.

바람이 돛을 밀어 주었다. 나무 기둥이 삐걱거리며 한숨소리를 냈다. 처음에는 천천히 그러고는 점점 더 빨리 배가 바다 위를 미끄러져 갔다. 코니는 눈을 깜박거리며 가볍게 물결이 이는 북해 위를 바라보았다. 마음 같아서는 바로 미국까지도 갈 수 있을 것 같았다.

"선크림을 바르고 모자를 써라!"

린트만 선생님이 얼굴에 하얗게 선크림을 바르고 거기에다가 초록색 격자무늬의 여름 모자를 썼다.

"물 위에서는 일사병 걸리기가 쉽단다."

여자 아이들이 킥킥거렸다. 그러나 린트만 선생님은 선장의 구명조끼 이야기만큼이나 햇빛 차단에 대해 완강했다.

아이들은 해변을 따라 항해를 계속했다. 바다 쪽에서 조류 보호 구역과 이동 사구가 보였다.

"이 사구는 일 년에 4미터씩 움직인단다."

린트만 선생님이 말했다.

"그전에는 이곳에 이동 사구밖에 없었단다. 사람들은 사구가 제자리에 있도록 식물을 심었지. 이것에 대해서는 파울이 더 자세히 설명해 줄 거야."

이제 파울이 해변 보호에 대해서 발표를 할 차례였다.

"바다는 섬으로부터 끊임없이 모래를 씻어서 빼앗아갑니다."

파울이 발표를 시작했다.

"폭풍이 칠 때는 가장 심합니다. 몇 년 전에는 한 번에 2백만 세제곱미터의 모래와 사구가 씻겨 내려가 버렸습니다."

우와! 코니는 깜짝 놀랐다. 정말 굉장한 이야기였다.

"그것을 다시 보충하기 위해 바다 바닥에서 엄청난 양의 모래를 퍼내서 바닷가에 쌓습니다."

파울이 발표를 계속했다. 그리고 파울은 사구와 제방, 방파제에 대해서도 이야기했다.

그다음에는 선장이 다시 한번 아이들을 놀래 줄 차례였다. 선장은 아이들 모두에게 짧고 가는 끈 하나씩을 나누어 주었다. 그리고 선원이 배의 방향을 유지하고 있는 동안, 아이들에게 가장 중요한 뱃사람 매듭들을 보여 주었다. 보통의 매듭보다 어렵지 않은 절반 매듭부터 시작했다. 그러고 나서 8자 매듭부터 점점 더 복잡해지더니 보울라인 매듭에 이르러서는 매우 어려워졌다.

"두 끈을 이을 때에는 완전 매듭을 사용합니다."

선장이 알려 주었다.

"서로 가지고 있는 끈을 상대방에게 줍니다. 그러면 한번 해 볼 수 있을 것입니다. 내가 다시 한번 천천히 해 보일 테니까 주의해서 보도록 해요."

마지막에는 모두 자기가 갖고 있던 끈을 선물로 받았다.

"그것으로 여러분은 집에서 좀 더 연습할 수 있을 것입니다."

선장이 모두를 향해 눈을 찡긋해 보였다.

바닷가에 있는 깎아지른 듯한 붉은 절벽에서 배는 방향을 돌려 다시 천천히 돌아오기 시작했다. 배는 미끄러지듯이 앞으로 나아갔다. 아이들로서는 할 일이 거의 없었다. 그래서 각자 하고 싶은 일을 하게 되었다. 파울은 아침 식사 때 가져온 빵을 꺼내 갈매기들에게 나누어 주고 있었다. 갈매기들은 끼룩끼룩 울면서 파울의 머리 위를 빙빙 돌다가 빵을 휙 낚아채 갔다. 철퍼덕! 갑자기 파울의 머리 위에 하얗고 큼직한 얼룩이 생겼다.

"우앗!"

파울이 소리를 질렀다.

"똥벼락을 맞았구나!"

마르크가 웃음을 터뜨리며 당연하게도 사진을 찍었다. 코니와 디나, 빌리는 배 뒤쪽에 서서 쇠돌고래가 있는지 살펴보았다. 그러나 한 마리도 보이지 않았다. 배 앞쪽에서는 야네테와 자스키아, 아리아네가 그물에 누워 햇볕을 쬐고 있었다.

안나가 그쪽으로 다가갔다.

"저리 좀 가 봐. 나도 좀 눕자."

"안 돼, 지금도 좁단 말이야."

자스키아가 투덜댔다.

"내가 보기에도 그런데! 너는 왜 늘 우리 근처에서 알짱대니?"

야네테가 짜증을 냈다.

안나는 몹시 당황했다.

"나는 우리가 친구라고 생각했는데."

"아, 그렇게 생각했니? 잘못 생각했네."

아리아네가 픽 하고 웃었다.

"쟤한테 슬슬 사실을 밝힐 때가 된 것 같은데."

야네테가 지루한 듯이 막대 사탕을 빨았다.

"뭐라고? 갑자기 그게 무슨 소리야?"

안나는 뭐가 뭔지 모르겠다는 표정을 지었다.

"얘는 정말 아무 눈치도 못 챘나? 너는 정말 완전 새대가리로구
나!"

야네테가 자기 머리를 두드렸다.

"뭐를 눈치 못 채?"

안나가 물었다. 머릿속이 빙빙 도는 것 같았다.

"우리가 너를 완전히 돌머리라고 생각한 것 말이야."

아리아네가 대답했다.

"우리가 너를 왜 상대해 주었다고 생각하니? 그래. 그 정신 나간
코니를 속여 먹으려고 그랬다고."

야네테가 안나를 똑바로 쳐다보며 말했다.

"그리고 너는 아주 멋지게 네 역할을 해 주었지."

자스키아와 아리아네가 씩 웃었다.

"아주, 고맙다. 안나!"

안나는 돌이 되어 버린 듯 꼼짝도 못하고 서 있었다.

"나는 전혀 이해가 안 가."

안나가 말을 더듬었다. 눈에서는 눈물이 뚝뚝 흘러내렸다.

"물론 너는 이해 못하겠지, 꼬맹이 안나. 너도 멍청이 중에 하나니

까."

아리아네가 자기 얼굴 앞에서 손을 흔들었다. 야네테가 얼른 입에서 막대 사탕을 꺼냈다.

"우리는 코니에게 친구가 하나라도 남아 있기를 바라지 않거든."

야네테가 차갑게 말했다.

"그래서 우리가 너희 사이를 갈라놓은 거야. 그게 전부야."

안나는 잠깐 동안 숨 쉬는 것조차 잊을 정도였다. 모든 것이 계획된 속임수였던 것이다. 야네테가 계획한 대로 안나는 코니에게 더 이상 친구가 되지 말자고 한 것이다. 어쩌면 그렇게 명청할 수가 있었단 말인가? 코니는 지난 몇 년 동안 자기의 가장 친한 친구였다. 그런데 지금은? 여름 더위에도 불구하고 안나는 갑자기 온 몸이 추워지는 것을 느꼈다. 눈물만이 뜨겁게 뺨 위를 흘러내렸다.

안나는 후 하고 숨을 들이마셨다.

"이 모든 사실을 코니에게 이야기할 거야. 그러고 나서는……."

야네테가 웃음을 터뜨렸다.

"너, 코니하고 화해라도 할 작정이니? 코니가 너하고 다시 어떻게 해 볼 것이라고 진짜로 믿는 건 아니지?"

안나가 명한 표정으로 야네테를 바라보았다. 어떡하지? 야네테 말이 맞으면?

"안녕, 안나!"

자스키아가 잔뜩 달콤한 목소리로 말했다.

안나는 얼른 몸을 돌려 갑판 위를 달려 그곳을 벗어났다.

"한 번만 더 짜증나게 해 봐!"

야네테가 안나의 등에 대고 소리를 질렀다.

안나는 갑판 아래에 있는 화장실로 숨었다. 그곳이라면 악을 써도 아무도 듣지 못할 것이다.

코를 풀고 눈물을 닦는 데에 화장지 절반은 썼을 것이다. 얼마간 울음이 멈추었다 싶다가도, 야네테와 자스키아, 아리아네가 자기에게 얼마나 못된 짓을 했는지 생각하면 다시 또 눈물이 펑펑 흐르기 시작했기 때문이다. 그리고 셋이 만든 함정에 빠질 만큼 자기가 얼마나 멍청한지 생각하면. 그러나 가장 나쁜 것은 코니와의 우정을 이제 영원히 잃어버릴지도 모른다는 것이었다.

안나는 거울로 울어서 빨갛게 된 눈을 보았다. 이 멍청한 분홍빛 눈화장은 모든 것을 더욱 보기 싫게 만들었다. 물과 비누로 안나는 야네테가 해 준 눈화장을 지웠다.

그러자 조금 나아졌다. 안나는 미소를 지어 보려 했다. 그러나 거울 속에 비친 안나의 모습은 그리 믿음직스럽게 보이지 않았다.

앞으로 영원히 웃을 수 없을 것 같은 기분이 들었다. 이렇게 외롭게, 친구도 없이.

안나는 화장지에 대고 코를 풀었다. 코는 이미 너무 많이 풀어서 벌겋게 부어 있었다.

"여보세요? 안에 괜찮아요?"

슈테른 선생님이 갑자기 문틈으로 소리를 질렀다.

"예, 예. 괜찮아요."

안나는 재빨리 눈을 다시 훔치고 나서 화장실을 빠져 나왔다.

"죄송해요."

안나는 중얼거리고는 선실 밖으로 나왔다. 슈테른 선생님은 걱정스러운 표정으로 안나의 등을 쳐다보았다.

안나는 밖으로 나와서 조용한 구석을 찾았다. 뭔가를 생각해 보려고 애썼다. 반드시 코니와 이야기를 해야 했다. 그러나 어떻게? 코니에게 뭐라고 이야기하지?

안나는 아무도 몰래 코니 쪽을 건너다보았다. 코니는 디나와 빌리와 함께 난간에 서 있었다. 코니는 아쉬운 것이라고는 하나도 없어 보였다. 정말 조금도!

"여전히 아무것도 안 보여!"

빌리가 실망해서는 망원경을 아래로 내렸다. 아이들은 벌써 돌아가는 중이었다.

"쇠돌고래를 꼭 보고 싶었는데."

"나는 그리스에서 돌고래를 본 적 있어."

코니가 이야기했다.

"돌고래들이 우리 배 옆에서 헤엄을 쳤어. 그러다가 휙 하고 하늘 높이 뛰어오르기도 하고. 정말 멋졌어!"

"나도 돌고래를 보고 싶어!"

빌리가 중얼거렸다.

"나도!"

디나도 말했다.

"돌고래랑 같이 헤엄을 치면 정말 좋을 텐데. 내 사촌이 미국에 갔을 때 그런 적이 있었대. 돌고래들이 사람들 옆으로 바짝 다가와서 사람들이 돌고래를 쓰다듬을 수도 있대. 돌고래들은 사람들을 아주 좋아하나 봐."

"돌고래들은 바다에 빠진 사람들을 도와주기도 해."

빌리가 설명해 주었다.

"그리고 최근에 신문에서 봤는데, 돌고래들이 상어로부터 한 남자를 구해 줬대. 돌고래들이 그 남자 주위를 빙 둘러싸서 상어가 그 남자에게 달려들지 못하게 했대. 배가 와서 그 남자를 바다에서 끌어올릴 때까지 돌고래들이 그러고 있었던 거지."

"정말?"

코니는 정신없이 이야기를 들었다.

"그런데 여기에도 상어가 있니?"

그리고 나서 코니가 물었다. 그런데 빌리가 미처 대답을 하기도 전에, 코니가 바다에서 무언가를 보았다.

"저기 봐! 쇠돌고래 아니니?"

코니가 소리를 질렀다.

"어디?"

빌리가 흥분해서 물었다. 그러나 전혀 엉뚱한 방향을 열심히 살폈다.

"저기! 이리 좀 줘 봐!"

코니가 빌리 손에서 망원경을 뺏어 들었다. 망원경으로 시커먼 그림자를 발견하기까지는 조금 시간이 걸렸다. 그 그림자는 물 위에서 위로 아래로 춤을 추고 있었다. 그림자는 점점 더 잠깐 동안만 볼 수 있었다. 그러더니 결국 커다란 파도가 그 앞을 가로막고 말았다.

"아이구 이런!"

코니가 투덜댔다.

"잘 보이지가 않네. 하지만 저기 뭔가 분명히 헤엄치고 있었어."

빌리도 망원경으로 바라보았다. 그런 다음 디나. 그러나 아무도 정확한 어떤 것을 보지는 못했다. 어쨌든 그것은 너무 멀리 있었다.

"자, 가자. 앞으로 가면 더 잘 보일 거야."

디나가 말했다. 아이들은 뱃머리 쪽으로 달려갔다.

"저게 뭔지 금세 알 수 있을 거야. 배가 그쪽으로 가고 있으니까."

아이들은 번갈아 가며 망원경으로 그 그림자를 살펴보았다.

"저건 바다표범이야!"

코니가 갑자기 소리를 질렀다. 주둥아리를 분명히 본 것이다. 저런 주둥아리를 가진 것은 바다표범뿐이다! 코니는 분명히 알 수 있었다.

"제자리에서 꼼짝도 안 해. 쉬고 있는 걸까?"

빌리가 이상하다는 듯 물었다.

"아마 털을 좀 더 갈색으로 만들려고 일광욕하고 있는 것이 아닐까?"

디나가 곁눈질로 온몸에 선오일을 바르고 그물 위에 누워 있는 야네테를 보면서 킥킥거렸다.

"맞아!"

코니가 웃었다. 코니가 다시 망원경을 들었다.

"뭔가 이상한데. 바다표범이 물속에 붙들려 있는 것 같아."

"물속에 어떻게 붙들려 있어?"

빌리가 머리를 흔들며 말했다. 그러나 빌리가 직접 망원경으로 보고는 코니가 무슨 말을 하는지 알 것 같았다. 바다표범은 버둥거리며 몸을 이리저리 비틀었지만 그 자리에서 벗어나지 못하고 있었다.

"이상하다."

빌리가 말했다.

"저기 봐. 물속에 뭔가 또 헤엄치는 게 있어."

디나가 소리쳤다. 빌리가 망원경을 내렸다.

"바닷말인 것 같은데."

"바다표범이 바닷말에 걸린 것 아닐까?"

코니가 말했다.

"바닷말에 걸렸다고?"

빌리가 놀라며 말했다.

"어쨌든 뭔가 잘못됐어."

빌리가 안절부절못하며 소리쳤다.

"가서, 선장님한테 말하자."

코니가 배 뒤쪽으로 다시 달려갔다. 빌리와 디나가 따라가느라 숨이 찰 지경이었다. 아이들은 숨을 헐떡거리며 선장을 찾았다. 선장은 파이프를 입에 물고 배를 조종하고 있었다.

"바다에서 바다표범이 헤엄치고 있어요."

코니가 숨도 쉬지 않고 말했다. 선장은 고개를 끄덕였다.

"그럴 수도 있지. 바다표범이니깐."

코니가 숨을 몰아쉬었다.

"그런데 바다표범이 뭔가 이상해요."

"그래. 그래."

선장은 태연하게 담배 연기를 공중에 대고 뿜어냈다.

"바다표범을 구해 주어야 한다고요. 당장 배를 멈춰야 해요."

코니가 소리를 질렀다.

"뭐를 어째야 한다고?"

"배를 멈추라고요!"

빌리가 한 번 더 악을 썼다.

"어허, 진정들 해라. 그럴 필요 없어."

선장이 말하고는 히죽 웃었다.

"지금까지 바다표범이 바다에 빠져죽은 일은 한 번도 없으니까 말이야."

그러고 나서 선장은 파이프를 한 모금 빨고는 계속해서 배를 조종해 나갔다. 선장은 이것으로 그만이라고 생각하는 듯했다.

디나는 포기한 듯했지만, 코니와 빌리는 그렇게 간단히 끝낼 수 없었다. 동물에 관한 일이라면 더욱 더 그러했다.

"직접 저것을 한번 보시라고요."

코니가 선장에게 달라붙어서는 바다 위를 가리켰다. 그 사이에 바다표범은 맨눈으로도 보였다.

"맞습니다!"

난간에 서 있던 선원이 소리쳤다.

"보십시오, 선장님. 조종대 앞쪽에! 저 멍청한 짐승이 왜 다른 곳으로 헤엄쳐 가지 않을까요?"

"그거야 바다표범이 그럴 수 없으니까 그렇죠."

코니가 참을 수 없다는 듯이 설명했다.

"쟤가 바닷말 같은 데에 단단히 걸려 있어요."

"구해 줘야 해요. 배를 멈춰요. 부탁이에요."

빌리가 다시 싹싹 빌었다.

"바다에서 헤엄치는 바다표범이 있을 때마다 배를 멈출 수는 없어."

선장은 다시 자기 파이프를 한 모금 들이마셨다.

"안 멈춘다고요? 그럼 우리도 가만있지 않을 거예요."

코니가 쇳소리를 냈다.

"자, 가자!"

코니가 디나와 빌리에게 소리쳤다. 아이들은 금세 선실 뒤편으로 사라졌다.

선장이 아이들 쪽을 바라보았다. 그러고는 천천히 담배 연기를 바람에 날려보냈다.

바다표범 이야기가 바람처럼 빠르게 퍼져나갔다. 거의 모든 아이들이 뒤편 난간에 모여 바다를 바라보았다. 코니가 아이들 옆을 지나쳐 갔다.

"이제 와서 그만두려고 그러는 거 아니지?"

빌리가 코니 뒤를 부지런히 따라갔다.

"그 반대야! 선장이 안 구해 주면 우리가 구해 줘야지."

코니가 숨을 헐떡였다.

"어떻게? 우리가 뭘 할 수 있어?"

빌리가 미심쩍다는 듯 물었다. 바다표범은 이제 겨우 몇 미터 앞에 있었다.

"뛰어드는 거지."

코니는 신발과 바지를 벗어던졌다. 그러고는 난간 위로 기어 올라갔다.

"코니!"

디나가 흥분해서 소리쳤다.

"너 설마⋯⋯."

코니의 심장이 쿵쾅거렸다. 손으로 난간을 꼭 붙들었다. 정말 뛰어들까? 바다는 정말 깊어 보였다. 하지만 코니는 구명조끼를 입고 있었다. 그리고 만일의 경우에도 바닷가가 그리 멀지 않다. 배가 막 바다표범 옆을 지나는 중이었다. 바다표범은 불쌍하게도 물속에서 버둥거리고 있었다.

그때 코니는 그냥 손을 놓고 바다로 뛰어들었다. 모두들 숨을 멈추었다. 물이 튀어올랐다. 아주 잠깐 동안 코니의 모습이 보이지 않았다. 그런 다음 구명조끼를 입은 코니가 파도 위로 떠올랐다가 젖은 머리를 얼굴에서 거두어 냈다.

빌리도 같은 생각을 했다. 이것이 바다표범을 구할 수 있는 유일한 길이었다. 빌리는 어느새 운동화를 벗어 던지고 두 번째로 뛰어들었다.

"도대체 무슨 일이야?"

선원이 난간으로 달려와서 보고는 얼굴이 하얗게 질렸다.

"두 아이가 바다로 떨어졌다!"

선원이 소리를 질렀다.

파이프가 선장 입에서 떨어졌다.

"하느님 맙소사!"

모두들 바다표범이 있는 쪽으로 헤엄쳐 가는 코니와 빌리를 내려다보았다. 바다표범은 두 아이로부터 겨우 수영장 하나쯤 떨어져 있었다. 그러나 파도 때문에 가까이 가는 것은 그리 쉽지 않았다.

디나가 난간 위로 올라가는 것은 아무도 알아차리지 못했다. 잠깐 동안 디나는 아래에 있는 바다를 내려다보았다. 디나는 숨을 들이쉬었다. 정말 높았다. 마치 3미터짜리 다이빙대에 서 있는 것 같았다. 그리고 물 또한 수영장 물과 달리 맑지 않고 어둡고 흐렸다. 거의 검은색에 가까웠다. 그리고 속에는 물고기와 해파리가 들어 있었다.

디나는 망설였다. 그러나 위험에 처한 빌리와 코니를 그냥 보고 있을 수만은 없었다.

안나는 구석에서 모든 것을 보고 있었다. 코니와 빌리, 디나처럼 선장에게 부탁도 했다. 미쳐! 안나는 머리를 흔들었다. 이게 무슨 말도 안 되는 생각인가? 선장이 이제라도 배를 멈춰야 해. 안나는 마음을 굳힌 다음, 아이들 사이를 뚫고 디나에게 다가갔다. 그러고는 마찬가지로 난간 위로 올라갔다. 안나는 디나의 손을 잡았다.

"자, 우리 함께 뛰어내리자."

안나가 디나에게 속삭였다.

"안 돼!"

선원이 소리를 지르면서 두 아이에게 달려들었다. 그러나 너무 늦었다.

디나는 떨어지면서 두 눈을 꼭 감았다.

파울은 믿을 수 없다는 눈으로 디나를 보았다. 그러고 나서 마르크의 옆구리를 쿡 찔렀다.

"가자, 디나도 뛰어내렸는데……."

그런데 신발을 벗어 옆으로 툭 차는 아이들이 파울과 마르크뿐만이 아니었다. 이제는 모두들 바다표범을 구하고자 했다. 아무도 붙잡을 수 없었다. 린트만 선생님이 난간으로 달려왔지만 아무 소용이 없었다.

"안 돼! 그대로 있어!"

린트만 선생님이 정신이 나간 듯 소리를 질렀다. 린트만 선생님과 슈테른 선생님은 작은 피크닉 준비를 위해서 아주 잠깐 동안 갑판 아래에 있었을 뿐이었다.

슈테른 선생님과 선원은 아이들을 막아섰지만, 한꺼번에 우루루 뛰어내리는 많은 아이들을 붙잡을 수는 없었다.

"어서 뭔가를 해 봐요!"

린트만 선생님이 선장에게 달려갔다. 선생님은 놀라서 얼굴이 하얗게 질려 있었다.

"그러고 있습니다."

선장은 배를 돌려서 보조 엔진의 도움으로 조심스럽게 아이들 옆으로 다가갔다. 선원은 배옆에 줄사다리를 늘어뜨렸다.

"너희들 당장 배 위로 올라와!"

린트만 선생님이 소리를 질렀다.

"한 사람도 빠짐없이!"

디나는 좀 더 잘 보기 위해서 물속에서 펄쩍펄쩍 뛰었다. 배에서는 잘 보이지도 않던 파도가 아이들을 이리저리 흔들었다. 바다표범이 있는 곳까지는 아직도 거리가 조금 되었다. 배가 있는 곳보다 거리가 더 멀었다. 날카롭게 린트만 선생님이 목소리가 들렸다.

안나가 기침을 했다. 안나는 벌써 물을 먹은 다음이었다.

"이제 어떡해?"

디나가 안나에게 소리를 질렀다. 안나는 주위를 둘러보았다. 다른 아이들은 실제로 배 쪽으로 헤엄을 쳐 돌아가고 있었다.

"디나, 안나, 이리로 와!"

린트만 선생님이 이번에는 확성기를 들고 있었다.

모두들 돌아가야 했다. 안나는 약간 마음이 가벼워지는 것을 느꼈다. 물은 얼음처럼 차가웠다. 그리고 파도 때문에 다가가기도 어려웠다. 안나가 그렇게 수영을 잘하건만.

아이들은 헐떡거리고 덜덜 떨면서 배로 다가가서 마지막 힘을 다해 사다리를 기어올랐다. 다른 아이들은 서로 몸을 꼭 붙이고 서 있었다. 모두들 홀딱 젖었다.

"너희들 도대체 무슨 생각들을 한 거야?"

린트만 선생님의 얼굴은 여전히 하얗게 질려 있었다.

"너희들 이것이 얼마나 위험한 일인지 아니? 무슨 일이 일어날지 어떻게 알아!"

선장이 소리를 지르기 시작했지만, 슈테른 선생님이 선장의 말을 잘랐다.

"겁이 나서 죽을 뻔했잖아! 북해 한가운데에 뛰어들다니!"

슈테른 선생님의 목소리가 갈라져 나왔다. 슈테른 선생님이 그렇게 화를 낼 수 있다니, 누구도 상상 못한 일이었다.

"앞으로 절대, 절대 이러지 마라!"

갑판 위는 조용했다. 아이들은 놀라서 바닥만 내려다보았다. 아이들의 발 주위에 작은 물웅덩이가 생겼다.

슈테른 선생님은 갑판 밑에 있던 수건과 담요를 아이들에게 나누어 주었다. 린트만 선생님은 이미 작은 보트를 타고 조금 멀리 떨어져서 바다 위를 헤엄치고 있는 코니와 빌리 쪽으로 노를 저어 갔다. 바다표범이 있는 곳까지 헤엄쳐 간 것은 두 아이뿐이었다.

"안 돼!"

빌리가 숨을 가쁘게 쉬었다. 가까이 가 보고서야 아이들은 무엇이 문제인지 알 수 있었다. 바다표범은 바닷말로 잔뜩 덮인 낡은 그물에 걸려 있었다. 그리고 벗어나려고 애쓰다가 그물에 더욱 단단히 끼고 말았다. 이제는 움직이기도 힘들어 보였다.

코니가 푸 하고 숨을 내쉬었다. 계속해서 얼굴로 파도가 몰아쳤다.

"우리가 너를 풀어 줄게."

코니가 바다표범을 향해 소리쳤다. 그러나 두 아이가 가까이 다가가자, 힘이 모두 빠진 그 짐승은 온 힘을 다해 몸을 빙빙 돌려 댔다. 잔뜩 겁에 질려서 아이들에게서 벗어나려 했다. 계속해서 다시, 또 다시.

"우리는 너를 풀어 주려 하는 거야!"

빌리가 말했다. 그러나 아무런 소용이 없었다. 바다표범은 아이들을 가까이 오지 못하게 했다.

"이런!"

코니가 투덜댔다. 팔과 다리는 완전히 마비가 된 것 같았다. 그러나 포기할 생각은 조금도 없었다.

아이들은 새로운 시도를 해 보기로 했다. 바다표범은 뱅뱅 돌고 있었다. 아이들은 바다표범을 붙잡을 수 없었다.

"칼이 없으면 풀 수 없겠어."

빌리가 소리를 질렀다. 이가 딱딱 소리를 내며 부딪쳤다. 뼛속까지 얼어붙었다. 오랫동안은 버티지 못할 것 같았다. 코니 또한 더는 어찌할 수가 없었다.

"코니, 빌리!"

린트만 선생님이 보트에서 소리를 쳤다. 코니는 선생님쪽을 돌아보았다. 선생님이 자기들 있는 쪽으로 곧장 다가오고 있었다. 조금 있으면 아이들 옆으로 와서 물에서 건져낼 것이었다.

코니는 숨을 헐떡였다.

"자, 다시 한번!"

코니가 빌리에게 소리를 쳤다. 심장이 방망이질을 했다. 린트만 선생님은 바다표범은 어찌 되든 상관없을 것이다. 지금 성공하지 못하면 모두 물거품이 되고 만다.

있는 힘을 다해 빌리와 코니는 바다표범을 붙들려고 했다. 그러나 다시 바다표범은 아이들의 손을 벗어났다.

"이제 그만! 배로 올라와!"

린트만 선생님은 그새 아이들 바로 옆에 와 있었다.

"그럼 바다표범은?"

코니가 절망스럽게 외쳤다.

"바다표범은 바로 구해 줄게!"

린트만 선생님이 약속을 했다.

코니는 망설였다.

"그럼 좋아요."

빌리와 코니는 보트 위로 올라갈 힘도 없었다. 린트만 선생님이 아이들을 도와주었다. 아이들은 그제야 자기들이 얼마나 기진맥진했는지 알았다.

린트만 선생님은 실제로 바다표범 있는 곳으로 노를 저어 갔다. 아주 조심 조심!

"낡은 그물이잖아."

린트만 선생님이 바다표범 옆에 갔을 때, 이를 꽉 깨물며 말했다.

"이런 못된 짓을 하다니."

눈 깜짝할 사이에 린트만 선생님은 열쇠고리에 달린 주머니칼을 꺼냈다. 선생님은 칼을 코니에게 건넸다.

"자, 줄을 끊어라! 내가 보트를 잡고 있을게."

린트만 선생님은 바다표범 옆에서 조용히 노를 저었다. 재빨리 빌리와 코니는 그물에 걸린 바다표범을 꼭 붙잡아 보트 쪽으로 바짝 끌어당겼다. 그러고는 코니는 솜씨 좋게 줄을 끊었다. 성공이다. 금세 바다표범이 풀려났다.

바다표범은 다시 한번 몸을 빙글 돌려 아직 감겨 있던 그물을 벗겨냈다. 그런 뒤 헤엄을 쳐서 그 자리에서 멀어졌다.

"이제 됐다!"

코니가 마음이 놓인다는 듯 한숨을 쉬었다.

코니와 빌리, 그리고 린트만 선생님은 멀어져 가는 바다표범을 바라보았다. 바닷속에 잠겨서 보이지 않을 때까지.

멀리 떨어져 있는 요트에서 박수를 치고 환호하는 소리가 들렸다. 그러나 린트만 선생님은 그 소리에 신경도 쓰지 않았다.

"여기 바다로 나온 것이 얼마나 위험한 일인지 이제 똑똑히 알겠니? 바다는 수영장하고는 다르단 말이다."

린트만 선생님이 아주 간절한 목소리로 말했다.

코니는 잘못을 알고 있다는 듯이 고개를 끄덕였다.

"무슨 일이 일어나기라도 하면 어땠을지 정말 생각하기도 싫구나."

린트만 선생님이 코니와 빌리를 찬찬히 바라보았다.

"너희들은 정말 운이 좋았던 거야!"

그러고 나서 선생님은 노를 손에 쥐었다.

"그 바다표범도 운이 좋았고."

선생님은 혼잣말을 하면서 처음으로 미소를 지었다.

"너희들이 아니었다면 바다표범은 아마 살아남지 못했겠지."

코니는 깜짝 놀라 고개를 들었다.

"선생님이 아니었다면 마찬가지로 죽었을 거예요."

코니가 가벼운 목소리로 대답했다. 갑자기 코니에게 린트만 선생님이 더 이상은 멍청하게 생각되지 않았다.

선생님은 힘차게 노를 저었다.

"그러니까 너희에게는 내가 용이란 말이지?"

갑자기 선생님이 말을 꺼냈다. 코니와 빌리는 깜짝 놀라 얼굴이 하얗게 되었다. 하지만 린트만 선생님은 그저 웃을 뿐이었다.

"너희들, 옛날 우리 선생님들 별명은 뭐였는지 아니?"

"선생님, 화나신 거 아니었어요?"

빌리가 조심스럽게 물어보았다.

"아, 천만에!"

린트만 선생님이 별소리를 다한다는 듯이 말했다. 심지어 그 별명이 자랑스럽게 느껴지는 듯도 했다.

"내가 놀란 것은 너희들이 이런 예스러운 낱말을 알고 있다는 거였어. 오늘날은 용에 대해 이야기하는 사람들은 거의 드래곤이라고 하잖아. 린트브룸은 잊혀진 단어거든."

"그에 관한 이야기가 있어요."

코니가 설명을 시작했다.

"겁쟁이가 되고 싶지 않은 용이 있었어요. 용은 절대 겁쟁이가 아니거든요. 그리고 겁쟁이가 되고 싶지 않은 나비도 있었어요. 둘은 마지막에 서로 멋쟁이가 되자고 약속했고 행복했지요."

"둘은 '약속!' 하고 외치고는 사이좋게 바위 탑 밖으로 나와 훨훨 날아갔지."

린트만 선생님이 마지막을 채워 주었다.

"선생님도 이 이야기를 아세요?"

"물론이지. 미하엘 엔데의 동화 아니니? 그런데 너는 이 이야기를 어떻게 알고 있니?"

린트만 선생님이 말했다.

코니가 미소를 지었다.

"저희 아빠가 이야기해 주었어요."

린트만 선생님이 고개를 끄덕였다. 잠깐 동안 아무도 말이 없었다.

"그런데 너희들은 왜 나를 나비라고 안 부르고 용이라고 부르니?"

린트만 선생님이 갑자기 물어보았다.

코니와 빌리는 웃을 수밖에 없었다. 린트만 선생님도 웃었다. 그러고 보니 선생님 눈가에는 코니의 할머니와 똑같은 친절한 주름살이 있었다.

"너희들 괜찮니?"

슈테른 선생님이 코니와 빌리가 배에 오르자 수건을 건네주었다. 선생님은 마음이 너무나 놓여 아이들을 혼낼 생각도 못 했다.

선장이 무어라고 막 말을 하자, 린트만 선생님이 선장의 팔에 손을 올려놓았다.

"제가 알아서 하겠습니다."

린트만 선생님은 부드럽지만 단호한 목소리로 말했다. 선장은 눈썹을 치켜세우더니 결국 돌아갈 준비를 하기 위해 갑판 뒤로 돌아갔다.

아이들이 전부 순식간에 코니와 빌리를 에워쌌다. 반 아이들 전체가 숨을 죽이고 바다표범 구한 이야기를 들었다.

"너희들 진짜 멋지게 해냈어."

파울이 말했다.

"그래, 정말이야. 굉장했어. 어쩜 그렇게 용감할 수가 있니, 코니?"

디나가 소리를 질렀다.

"너희들도 모두 아주 용감했지."

코니가 말했다.

"맞아. 너희들 모두 이 멍청이 뒤를 따라 뛰어들더라."

야네테가 빈정거렸다. 야네테는 얼마간 떨어져서 수건을 두르고 있는 자스키아와 아리아네를 분노에 찬 눈으로 노려보았다.

"아, 뭐야! 너는 그럼 배에 남아 있었던 거야?"

안나가 매섭게 말했다. 아주 잠깐 동안 조용해졌다. 모두들 야네테를 째려보았다. 야네테만 옷이 말라 있었다.

"나는 그렇게 멍청하지가 않거든."

야네테가 말했다.

"그럼 바다표범은 어떻게 해? 너는 바다표범을 구하고 싶지 않았니?”

빌리가 물었다.

“그렇다고 해서 내 생명을 위험에 빠뜨릴 수는 없지.”

야네테가 말했다.

“너의 생명? 우리는 구명조끼를 입고 있었는데?”

마르크가 비난하듯 노려보았다.

“그런 것쯤이야 상어한테는 아무것도 아니거든.”

야네테의 목소리가 날카로워졌다.

“상어?”

마르크가 물었다.

코니가 빌리를 툭 하고 쳤다. 어쨌든 빌리가 물고기 전문가니까.

“여기 상어는 없지, 안 그래?”

“물론 있지.”

빌리가 재빨리 대답했다. 모두들 숨을 멈추었다.

“두툽상어…….”

빌리가 상어 이름들을 늘어놓기 시작했다.

“하지만 이 상어들은 사납지 않아.”

코니가 중간에 웃으며 끼어들었다.

“돌묵상어…….”

“무슨 상어?”

“돌묵상어! 크기가 한 10미터에서 11미터는 되지.”

빌리가 얼굴 표정 하나 찡그리지 않고 말했다.

“뭐라고?”

자스키아가 새된 소리를 질렀다. 코니 또한 얼굴이 하얘졌다. 야네테만이 활짝 미소를 지었다.

"돌묵상어."

야네테는 아이스크림 이름이나 되는 듯이 즐기면서 상어 이름을 불러 보았다.

"내가 그럴 줄 알았다니까."

야네테는 만족스럽게 중얼거리고는 그 자리를 벗어났다.

"돌묵상어가 정말로 있니?"

당장에 파울이 물어보았다.

"응. 정말이야."

빌리가 진지한 얼굴로 말했다.

"쥘트 섬 앞바다에도 있어. 다른 상어들은 대부분 바닷가 가까이로는 헤엄쳐 오지 않거든."

모두들 놀랍다는 듯이 빌리를 쳐다보았다. 파울이 숨을 훅 하고 쉬었다.

"너는 돌묵상어가 있다는 것을 알고도 바닷속으로 뛰어들었단 말이니?'

빌리가 씩 웃었다.

"돌묵상어는 이빨이 하나도 없다는 것도 알고 있지. 돌묵상어는 플랑크톤만 먹고 살아. 아무 해가 없지."

"휴우! 너 때문에 깜짝 놀랐잖아."

"아무 해가 없대."

안나가 푸, 소리를 내며 수건을 좀 더 꼭 몸에 휘감았다.

"솔직히 말해서 내 앞에 그런 10미터짜리 상어가 나타나면 걔가 이빨이 있건 없건 전혀 상관없어. 나는 그저 깜짝 놀라서 죽어 버릴 거야."

안나가 으르렁거리며 말했다.

"네가 아직 살아 있어서 정말 다행이구나!"

코니가 말하고는 씩 웃었다. 안나가 조심스럽게 코니를 바라보았다.

"정말?"

안나가 낮은 목소리로 물었다. 코니가 고개를 끄덕했다.

"나는 네가 한 일이 정말 대단하다고 생각해. 그리고…… 그리고 내가 야네테랑 그런 거, 정말 미안해."

"괜찮아."

코니가 너그럽게 말했다. 안나가 멈칫 했다.

"그럼 우리 다시 친구가 된 거지?"

안나가 물었다.

"언제 아닌 적이 있었니?"

코니가 깜짝 놀라는 체했다.

"아니, 제일 친한 친구지."

안나가 재빨리 대답했다.

"그럼 이제 됐어."

코니가 활짝 웃었다.

숙소로 돌아와서 코니와 빌리, 디나는 안나가 방을 옮기는 것을 거들었다.

"이제 우리 방이 더 좋아 보인다."

안나가 침대보를 펴는 동안 코니가 말했다.

나중에 모두들 저녁 식사를 하러 갈 때 코니는 혼자 방에 남았다.

"금방 뒤따라갈게. 너희들 먼저 가."

코니가 말했다. 코니는 얼른 가방에서 할머니의 일기장을 꺼냈다. 마지막으로 쓴 두 페이지를 코니는 다시 한번 뭔가를 곰곰 생각하면서 훑어보았다.

안나에 대해 쓴 것들. 이제 모든 것이 다 지나간 일이 되었으니 얼마나 다행인가?

원래는 이 페이지를 그냥 찢어 버릴 수도 있었다.

코니는 망설였다. 어딘지 모르게 갑자기 좋은 느낌이 들지 않았다. 일기장은 찢지 않기로 결심했다. 하지만 단순히 그런 것은 아니었다. 빨간 사인펜으로 코니는 그 위에 이렇게 덮어썼다.

"오래 전에 해결했음!" 그리고 *"어제 내린 눈!"*

그런 다음 코니는 다음 페이지에 이렇게 썼다.

바다표범 구하다!!!

코니는 더 이상은 쓰지 않았다. 하지만 이 문장만으로도 모든 것을 말해 주고 있었다.

식사 후에 마르크와 파울이 코니네 식탁으로 다가왔다.

"두 사람, 안녕?"

빌리가 친절하게 말했다.

마르크는 뭔가 할 말이 있는 듯했지만 머뭇거렸다. 파울이 마르크를 툭 쳤다.

"내가 조금 생각해 봤는데 말이야."

마르크가 마침내 입을 열었다.

"너희들이 그 사진을 갖고 싶어 했잖아. 어떤 사진을 말하는지 알 거야. 뭐, 내가 사진을 현상한 다음, 그 사진 너희에게 줄게."

"필름은 어떡하고?"

재빨리 안나가 물었다.

마르크가 고개를 끄덕였다.

"그것도 줄게."

코니와 빌리, 디나는 웃음을 터뜨리고 말았다.

"너희들 왜 그래?"

마르크의 너그러운 마음씨에 감탄한 표정으로 서 있던 파울이 물었다.

"사람이 너희에게 무슨 좋은 일을 하려고 하면, 고마운 걸 알아
…….”

"우리는 그 사진을 이미 오래전에 손에 얻었거든.”

코니가 킥킥거렸다.

"어떻게? 오래전에 얻다니?”

마르크와 파울이 어리둥절해했다.

"조금 있다가 우리 방에서 만나자. 오케이?”

코니가 말했다.

"오케이!”

마르크가 어깨를 으쓱했다.

"여자들은 도대체 이해할 수가 없다니까!”

마르크가 고개를 절래절래 흔들었다.

10분도 채 안 되어, 코니가 바꿔치기한 사진기를 마르크의 코앞에
디밀었다.

"여기에 그 문제의 사진들이 있지.”

"말도 안 돼!”

마르크가 웃으며 바지 주머니에서 일회용 카메라를 끄집어냈다.

"그건 여기 있는데.”

"후후, 우리가 사진기를 바꿔치기했어.”

코니가 승리감에 찬 얼굴로 씩 웃었다.

마르크가 일이 어떻게 된 것인지 이해하기까지는 잠깐 시간이 필
요했다.

"그럼 이것이 내 사진기가 아니라 완전히 다른 새것이란 말이지?"

"이제야 무슨 말인지 알았구나!"

"이럴 수가!"

마르크는 믿을 수가 없었다. 안나와 파울도 놀라고 있었다.

"너한테는 정말 당할 수가 없구나, 코니!"

마르크는 완전히 졌다는 표정으로 씩 웃었다.

"나는 그 동안 파울 말을 절대 안 믿었었는데."

"파울이 뭐라고 했는데?"

코니가 물었다.

"네가 아주 괜찮은 애라고."

마르크가 말했다. 코니의 표정이 확 밝아졌다.

파울도 어쩔 줄 몰라 하며 씩 웃었다.

"여자 아이치고는 그렇다는 거지."

"내 말 좀 들어 봐."

코니가 두 손으로 허리를 짚었다.

"말했듯이 사진은 가져도 돼."

마르크가 재빨리 말했다.

"나는 원래 안나와 디나, 빌리와 내가 있는 사진만 있으면 돼."

"다른 여자 아이들 사진은?"

마르크가 물었다.

"네가 원한다면 네가 직접 걔네들한테 돌려줘도 되잖아."

빌리가 말했다.

"야네테 사진은 우리가 크게 인화해서 학교 신문에 싣는 게 좋겠어."

안나가 말했다. 마르크가 씩 웃었다.

"아주 나쁜 생각은 아닌데!"

코니가 말을 끊고 나섰다.

"우리는 또 하나 야네테를 깜짝 놀라게 할 뭔가를 생각해 두었지."

코니는 이렇게 말하고 난 다음, 소리를 죽여 뭐라고 말했다. 그러자 모두들 큰 소리로 웃기 시작했다.

"아주 좋아!"

파울이 킥킥대며 말했다.

"내일은 분명히 마지막 날이기도 하지만, 가장 좋은 날이기도 할 거야."

마르크가 한바탕 웃고 나서 파울과 함께 방에서 나갔다. 두 사람은 해가 떨어지기 전에 축구를 하고 싶었다.

* * *

쥘트의 향토 박물관을 견학한 다음, 마지막 날에는 다시 한번 바닷가로 나갔다. 바다는 매우 조용했고, 수영하기가 좋았다. 남자 아이들은 햇볕 아래에서 몸을 말리며 다시 카드놀이를 했다. 자스키아와 아리아네는 바닷가에서 졸고 있었고, 그 사이에 야네테는 편안하게 공기 매트 위에서 둥둥 떠서 일광욕을 했다.

야네테는 피부가 얼마나 곱게 그을렀을까 기대에 부풀어 바다 위에서 부드럽게 흔들리고 있었다. 눈은 감고, 조금 시원하게 한 손은 가볍게 물속에 늘어뜨렸다.

갑자기 누군가 공기매트에 부딪혔다.

야네테는 눈을 떴다. 야네테는 "야, 좀 조심할 수 없니?"하고 소리를 지르려 했지만, 말은 목 속에 막혀서 밖으로 나오지를 못했다.

"으아아아!"

야네테가 다시 숨을 쉴 수 있게 되자 힘껏 소리를 질렀다. 커다란 회색 지느러미가 바다 위에 툭 튀어나와 똑바로 야네테를 향해 다가오고 있었다.

"살려 줘! 상어! 상어야!"

야네테는 있는 힘껏 소리를 질렀다. 수면 아래로 거대한 몸집이 눈에 보였다. 적어도 2미터는 되는 것 같았다. 이것은 해롭지 않은 두톱상어가 아니었다. 그것만큼은 분명했다.

상어가 갑자기 공기 매트 아래에서 위로 떠올랐다. 힘차게 충돌해서 공기 매트를 뒤집어 버렸다. 야네테가 빽 소리를 지르며 물속으로 빠졌다. 상어가 야네테를 두 동강 내 버릴 것이 분명했다. 야네테는 속절없이 살아 보려고 애를 썼다. 야네테는 정신없이 발버둥쳤다. 다행히 물은 엉덩이 깊이 정도밖에 되지 않았다. 야네테는 죽어라고 달렸다. 바닷가에 있던 사람들이 모두 야네테를 보고 있었다.

"살려 줘! 나 좀 살려 달라니까!"

야네테가 소리를 질렀다. 그리고 거의 달아날 수 있을 듯 싶었다. 이제 물은 무릎 높이였다. 그제야 모두 웃고 있다는 것을 야네테는 깨달았다. 야네테는 뒤를 돌아보았다. 여전히 상어가 거기에 있었다. 그리고 바로 그 옆에 안나와 코니가 있었다. 야네테는 어지러워 조금 비틀거렸다. 이럴 수가!

하하 웃으며 안나와 코니는 머리에서 잠수경을 벗었다. 물위로 치솟아 있는 등지느러미는 진짜처럼 보였다. 야네테는 어쩔 줄 모르고 물속에 서서, 코니가 상어의 꼬리를 붙잡아 안나와 함께 바닷가로 끌어오는 것을 보았다. 그것은 플라스틱 상어로 바닷가 어느 상점에서건 살 수 있는 것이었다. 그리고 그것 때문에 야네테는 겁이 나서 죽을 뻔했던 것이다.

빌리와 디나, 파울, 마르크는 코니를 향해 달려갔다.

"정말 천재적이었어!"

아이들이 모두 웃었다.

"정말 진짜처럼 보였어!"

빌리가 소리쳤다.

"그래, 다른 동물 모양 튜브는 물 위에 떠 있잖아. 그런데 그 상어는 진짜로 물속에 누워 있었다고. 너희들 그것을 도대체 어떻게 만든 거니?"

파울이 물었다.

"그건 내 아이디어였어. 우리가 그 속에 물을 좀 채워 넣었지."

디나가 말했다.

"굉장하군!"

파울이 고개를 끄덕였다.

"그리고 너희들도 안 보이던데?"

파울이 코니에게 말했다.

"너의 스노클 기구들에 감사해야지."

코니가 잠수경과 스노클을 파울에게 돌려주었다.

"그런데 사진은 어떻게 됐어?"

안나가 물었다.

빌리가 코니의 사진기를 흔들었다.

"모두 이 속에 들어 있지."

"내가 찍은 사진이 분명 최고지!"

마르크가 주장했다.

마르크는 여전히 단단히 얼어붙은 채 바닷가에 서 있는 야네테 쪽을 돌아보았다.

"흰 상어를 피해서! 그 사진들은 우리 학교 신문을 위한 멋진 사진들이 될 거야."

야네테의 갈색으로 탄 얼굴이 화가 나서 벌겋게 변했다. 그런데 더 화가 나는 것은 뭐라고 말해야 할지 모르겠다는 것이었다.

아무 말 없이 야네테는 자기 짐들을 챙겨서 가 버렸다.

"야, 네 공기 매트 잊지 말아라."

파울이 등 뒤에 대고 소리쳤다. 공기 매트는 여전히 바다 위에서 흔들리고 있었다.

야네테로서는 다시 물속으로 한 걸음이라도 들어가고 싶은 생각이 없었다. 멍청한 공기 매트는 바닷속에서 썩든 말든! 야네테는 뒤도 한 번 안 돌아보고 모래 언덕 위를 달려갔다.

* * *

다음 날 아침 코니는 일찍 잠에서 깼다. 아주 일찍. 그런데 침대 속에서 아무리 이리저리 뒹굴어 보아도 더는 잠이 오지 않았다. 코니는 가만히 침대 속에서 일기장을 꺼냈다. 코니는 곰곰 생각하는 얼굴로 연필 끝을 깨물었다. 갑자기 얼굴에 미소가 떠올랐다. 그런 다음 쓰기 시작했다. 한 줄 한 줄.

야네테가 엄청 소리를 질러 댔다.
"아, 우악! 상어가 나타났다!"
소리를 지르며 야네테는 물속을 달렸다.
그리고 상어는 뒤를 쫓아왔다.
"오, 금세 나는 물어뜯길 거야. 몸이 두 동강날 거라고."
아, 야네테. 그렇게 멍청하게 굴지 마라.
그 커다란 상어는 고무로 만든 거란다.

코니는 만족스럽게 일기장을 덮었다. 특별한 사건은 특별한 일기 내용을 남기는 법!
안나는 침대에서 하품을 하면서 기지개를 켰다. 얼마 안 있어 디나와 빌리도 잠에서 깼다.
"여행이라 그런가? 언제나 일찍 깨네!"
안나가 하품을 했다.
"그래도 아직 30분은 더 자도 되겠네."
디나가 중얼거리며 이불 속을 파고들었다. 빌리는 언제나처럼 지치지도 않고 말했다.

"우리 지금 수영하러 갈 수도 있겠다."

"그래! 마지막으로 다시 한번 바다를 향해!"

코니는 신이 났다. 아침 식사를 하고 나면 곧바로 기차역으로 가기로 되어 있었다. 그러면 다시 한번 바다로 갈 시간이 없었다. 아이들은 함께 모래 언덕을 넘어 바닷가로 달려갔다.

"이런 멍청한! 수건을 까먹었어!"

빌리가 가다 말고 중간에 소리쳤다. 그래서 뒤돌아서 달려갔다.

"우리 먼저 갈게."

코니가 빌리 등에 대고 소리쳤다. 바닷가는 아침 일찍이라 그런지 비어 있었다. 디나와 안나, 코니는 수건을 펼쳤다. 그러고는 천천히 물속으로 들어갔다.

"푸, 다른 때보다 더 차지 않니?"

디나가 물었다.

"그래, 그런 것 같은데."

안나가 웃었다. 코니는 벌써 헤엄을 치고 있었다.

"빨리 와, 엄살쟁이들아!"

코니가 소리를 질렀다. 그런데 바로 다음 순간 입을 다물었다. 멀지 않은 곳에서 갑자기 바다에서 회색 등지느러미가 떠올랐기 때문이다. 코니는 숨을 들이쉬고는 웃었다.

"참 나, 빌리! 뭔가 다른 아이디어를 떠올리지 그랬니?"

코니가 다른 아이들을 보고 소리를 질렀다.

"내가 어떻게 해야 한다고?"

빌리가 뒤에서 소리를 쳤다.

코니는 주위를 둘러보았다. 빌리는 저기에 있잖아! 그리고 안나와 디나도 저기 있고! 코니는 멈칫했다. 회색 등지느러미는 여전히 그곳에 있었다. 그런데 두 번째 등지느러미가 떠올랐다. 그리고 세 번째 네 번째도!

"쇠돌고래다!"

빌리가 갑자기 소리를 지르기 시작했다. 하지만 돌고래들을 놀라게 하지 않으려고 낮은 목소리로 말했다.

"쇠돌고래?"

코니도 이제 속삭이며 말했다.

"응, 틀림없어."

빌리는 몹시 흥분했다.

"쇠돌고래는 가끔 바닷가까지 온다는 것을 책에서 읽은 적이 있어."

여자 아이들은 아무 말 없이 돌고래들이 물속에서 이리저리 헤엄치다가 잠수하다가 다시 떠올랐다가 마침내 천천히 멀어지는 것을 바라보았다.

"쇠돌고래! 이렇게 가까이서 보다니!"

빌리는 기뻐서 춤을 추었다.

"멋지다! 이런 것은 생전 처음 봐!"

디나가 소리를 질렀다. 코니도 고개를 끄덕였다.

"나는 전에 돌고래를 딱 한 번 봤어. 돌고래는 우정의 신호야. 쇠돌고래도 그렇겠지?"

"물론이지!"

안나가 즉각 소리쳤다.

"그리고 쇠돌고래도 네 마리였어."

빌리가 말하고는 디나를 보고 눈을 찡긋했다.

"이건 절대 우연이 아니야."

여자 아이들은 물에서 나왔다.

아침 식사가 기다리고 있었다. 코니는 거의 슬픈 느낌까지 들었다.

"앞으로 얼마간은 바다를 다시 볼 수 없을 거야."

빌리가 말을 끊었다.

"아, 우린 돌고래까지 보았으니까, 그만 가도 돼."

빌리가 웃었다.

두 시간도 채 안 되어, 아이들은 기차에 앉아 있었다. 이번에는 매우 편안하게 탁자가 있는 자리에 앉을 수 있었다. 네 자리. 코니와 안나, 빌리, 디나를 위해 각각 한 자리. 완벽했다!

오래 전에 댐을 지났다. 이번에는 번쩍이는 갯벌 위를.

"화장실 좀 다녀올게."

디나가 자리에서 일어섰다. 코니는 디나를 바라보았다. 수학여행은 몇몇 사건을 가져다 주었다. 예를 들어 새로운 친구.

디나가 가자마자, 야네테와 자스키아, 아리아네가 다가왔다. 아이들은 매점에서 먹을 거리를 잔뜩 사 가지고 오는 중이었다. 야네테는 막대 사탕을 빨고 있었고 자스키아와 아리아네는 커다란 스낵 봉지를 들고 뒤따라왔다.

"야, 스낵 봉지 좀 이리 넘겨라."

마르크가 소리를 질렀다. 마르크는 다른 남자 아이들과 함께 바로 옆자리에 있었다.

아리아네가 한숨을 쉬었다.

"좋아. 하지만 좀 남겨 둬라."

"너희들도 줄까?"

자스키아가 코니와 빌리, 안나에게도 봉지를 건넸다. 코니는 깜짝 놀라서 자스키아를 빤히 쳐다보았다. 그런 다음 봉지를 받아 들었다.

"고맙다. 정말 친절하구나!"

"내가? 친절하다고! 지금 나를 놀리는 거니?"

자스키아가 씩 웃으며 물었다. 그런 다음 야네테와 아리아네 뒤를 따라 자기들 자리 있는 곳으로 갔다. 린트만 선생님은 슈테른 선생님 과 함께 아이들 있는 곳을 가끔씩 돌아보았다.

"모두들 별일 없지?"

선생님이 기분 좋게 물었다.

"물론이지요."

"그리고? 수학여행이 마음에 들었니?"

선생님이 계속 물었다.

"예, 선생님과 함께라면 늘 그렇지요, 나비 선생님!"

코니가 소리를 질렀다.

린트만 선생님이 웃으면서 고개를 저었다.

"뭐라고? 그 말은 안 들은 것으로 할게."

그러고 나서 선생님은 다른 쪽을 돌아보았다.

"그런데 디나는 어디에 숨어 있는 거니?"

"잠깐 화장실에 갔어요."

코니가 대답했다. 린트만 선생님은 고개를 끄덕이고는 가던 길을 갔다.

"잠깐! 그곳에 다시 처박혀 울고 있는 것 아니니?"

안나가 물었다. 그 순간 디나가 모습을 드러냈다.

"처박혀 있다고? 누가? 어디에?"

궁금하다는 듯이 물었다.

"네가. 화장실에."

안나가 말했다.

"아, 뭐라고? 그러지 말고 내가 매점에서 뭐를 사 왔는지 봐."

디나가 웃으며 커다란 초코 아이스 과자 한 상자를 보여 주었다.

"한 가진 분명해. 돌아가는 길은 분명히 처음 갈 때보다 훨씬 나아."

빌리가 말했다.

"나도 그렇게 생각해."

디나가 웃었다.

"하나 마음에 안 드는 점이 있어."

코니가 말하면서 얼굴을 찡그렸다.

세 여자 친구는 놀라서 코니를 바라보았다.

"그게 무어야?"

"벌써 돌아간다는 것."

코니가 말하고는 초코 아이스 과자를 크게 한 입 베어 물었다. ㉑